2
雨井呼音
Illust.
みれあ
JN072163
「お姉ちゃんといっしょに
異世界を支配して
幸せな家庭を築きましょ?」

Shisha

使者

葉桜が野分のところへ
送ったメッセンジャー。
野分の呼び方が「弟くん」から
「野分くん」になり、
心境にも変化が……？

Koori Yomi

夜見　小織

「氷山凍」という名で事件のカギとなる
怪しげな都市伝説を発信していた。
野分の「妹」となる約束をしたが、
異世界へと行くことになり……。

oneechan to isshoni isekai wo shihaishite
shiawasena katei wo kizukimasho?

Ryo Amatsuka

天束　涼

野分の同級生で生徒会長。

葉桜の企てを阻止するため、野分と

キスしたことで悩んでいて……。

Hazakura Oikawa

笈川　葉桜

野分の実姉。

野分と結婚するために

異世界の都市を支配した

規格外な存在。

「妹」の登場や、

自分以外との「キス」など、

予定外の出来事が重なり、

野分を連れていく

計画にほころびが……。

「なにをす……ってか、
わ、私……
笈川くんに舌までは
入れてない！」

「謙虚だこと、野分くん」

oneechan to isshoni
isekai wo shihaishite
shiawasena katei
wo kizukimasho?

お姉ちゃんといっしょに
異世界を支配して
幸せな家庭を築きましょ？２

雨井呼音

口絵・本文イラスト●みれあ

プロローグ

夜見小織にとって救いなのは、この世に生きて幅を利かせている人間は総じて自分よりも先に死ぬ可能性が高いという事実だった。

そして小織にとって絶望的なのは、その可能性に賭けるために今ここで生きている時間を我慢の時間だと割り切らなければならないところだった。

我慢は苦手なのである。

「どうすれば今すぐ死んでくれるんだろうか」

そんなことを考えながら、少女は生まれて初めて一人で電車に乗っている。


ガクンッと大きく車体が揺れて、目が覚める。

いつの間にか、座席に横になって眠ってしまっていたらしい。瞼を上げても乗客は小織の他に誰もいない。

「……えあ」

電車が停まっていたのは、田舎の無人駅だった。無人駅なんてテレビの旅番組の中でしか見たことがないけれど、何故か咄嗟に理解した。

だって見たことがある、その駅名は。

「……はぁん、了解した」

乗降口の間近に立って、小織は目の前にある駅名の看板を見据えた。錆び付いた看板に記された文字はほとんど掠れていたが、それでも【きさらぎ】の四文字だということが理解できる。

「使者のねーちゃんによると、異世界の魔法は認識によって形成されるんだっけかぁ？　小織は氷山凍が観測していた世界の異形としてこちらの世界にやってきたから、小織が今いるこの場所も氷山凍の世界の延長線でしかないわけか。一点の曇りも無く、小織ちゃんのための異世界っつーわけね」

あと一歩でも踏み出せば電車から降りられる場所で、小織はしばらく駅名を見つめる。目をすがめて一巡し、あっけなく扉から離れる。

「でも、ごめんね。小織は、想像以上の場所にしか行きたくねーの」

小織を見放すように、扉が閉まった。

発車と同時に、踵を返して先頭車両へと向かう。その怪談の概要は、小織にとって桃太郎や浦島太郎よりも詳しく知っているものだった。都市伝説が発生したあとに全ての事象を振り返る形式の氷山凍の調査レポとは異なり、現在進行形で更新されていく都市伝説。見知らぬ無人駅で降りた女性が、駅の場所を特定しようとインターネットの掲示板にその駅名を書き込んだのが全ての始まり。

次の電車が一向に来ないことに業を煮やした女性は、線路を歩いて場所を移動しようと試みる。しかしトンネルにさしかかったとき、後ろから鈴の音が近づいてくる。

先頭車両まで走った小織は、運転席のドアにしがみついた。運転士がいないことは気に留めず、電車のフロントガラスに視線を投げる。線路の上に人影が立っているのを見て、口元にわずかな高揚を滲ませた。

「そう。降りちゃ駄目なの、この駅では」

電車のライトに照らされていたのは、三本足のシルエットだった。黒い人影は電車と直撃する寸前に勢いよく跳躍し、姿を消す。

「あぇ？」

無人になった線路をきょとんとして眺めていると、激しい衝撃音と共に電車の天井が大きく凹んだ。

車体全体が大きく揺れ、床から両足が離れた小織の体躯が後方へと飛ばされる。

衝撃音は、二、三度と続いた。

凹んだ天井が突き破られ、冷たい暴風が車内に吹き込む。落下してきた鉄片が、小織の体の横をかすめて連結部の扉に向かって飛ぶ。

灰色の天井の裂け目から、黒い人影がぬらりと落ちてきた。

とんっと床に着地した人物は、床に倒れ込んでいた小織を見て愉しげに目を細める。すらりと細長いシルエットは、黒い学生服と足下まで伸びた外套に包まれていた。目深にかぶった黒の学帽の奥で、銀縁の片眼鏡と翠色の瞳が鈍く光っている。革手袋を嵌めた手が握りしめているのは、寄木細工のような奇妙な柄をした杖だった。

片眼鏡の人物は、小織を舐めるように見下ろす。

「――【第五】《展開》」

短く唱えると同時に、杖の表面がバラリとほどけた。杖が正方形のキューブになって地面に散らばり、彫り込まれていた紋様が一繋がりの陣のようになって発光した。

光の輪の中から現れたのは、電車の天井まで届くほどに巨大な四つ足の影だった。地鳴りのような唸り声を上げるそれは、異様なほどの巨体に成長した狼に似た獣だった。

「今からお兄さんのお話を聞いてね、お嬢ちゃん」

獣の体躯を撫でながら、片眼鏡の人物は笑う。

「ちゃーんと最後まで聞いてくれたら、こいつを嗾けないであげるから」

タァン――……。

杖の先端が鋭く叩きつけられた音に、小織の肩がわずかに跳ねた。そんな反応に満足するように、眼前の人物は明るい色の瞳孔を怪しげに光らせた。

「ねえ、お嬢ちゃん。単刀直入に聞くが、世界を支配したくはないか？」

第一章　ガラスの靴を割る女

『若者たちよ！　今こそ踏みしめよう、我らの軌跡を』

図書室の壁に完成した文化祭のポスターを掲示していると、脚立の上にいる俺を遠巻きに見守っていた委員会の先輩たちが「「ほぅ……」」と揃った嘆息を漏らした。

「すごーい、涼ちゃん。本当に『少年たち』と『僕ら』を変えちゃった」

「あのウェイウェイした感じの運動部さんたちを説得するなんて……」

「分かる、最後の方は運動部が文化部のおとなしそうな男子に圧かけて猛反対してた感じだもんね。同学年の私たちでもちょっと怖かったのに、ねじ伏せたんだからすごいよ」

「でも最後は賛成してくれたんだから、運動部の男子たちも偉いよね」

脚立から降りて、俺は眉をひそめてポスターを見上げた。ポスターの絵も男子生徒と女子生徒が並んで笑っている絵に変更されている。

まるで男子校のポスターのようだった初期案からは見違えるようだ。

「……でも結局『少年少女』じゃなくて『若者』だし、『私たち』じゃなくて『我ら』になっちゃったんですよね」

思わず漏らした俺の一言に、先輩たちはきょとんと小首をかしげる。図書委員は幽霊なメンバーを除いたら俺以外は全員が女子である。それなのに、女子ばかりの図書室においても『若者』と『我ら』は天束涼の最大限の勝利に見えるのか。

天束涼は勝利を掴んだのではない。譲歩を呑んだのである。

それなのにポスター変更に反対していた男子生徒たちは少し譲歩しただけで「偉い」と褒められ、最終的に道を譲った天束涼は「ねじ伏せた」と言われるのだ。運動部たちが自分で言うならまだ分かる。でも女子である先輩たちが笑顔でそう言っているのを聞いてしまうと、「俺の大事な先輩たちにこんなことを言わせんなよ」と世界を恨みたくなる。

このポスターを「掲示して」と生徒会役員から渡されたとき、脳裏を過ったのは放課後の屋上で異形に化けた天束の姿だった。あのとき天束の背中を押したものの正体が、少しだけ見えた気がした。天束は今までもこんなふうに、周囲にとっては些細なことと思われる理不尽で少しずつ心を削られていたのだろう。

天束にとってこの世界は、一歩ごとに体力が削られる毒の沼なのだ。

「ねえ、野分くん。ほんとはダメかもだけど、野分くんだから特別に見せてあげる」

不意に、一人の先輩が自分のスマホ画面を俺に見せてきた。映し出されていたのはグループチャットの画面で、グループ名は『3年D組女子ズ』となっている。

「ポスター描いた美術部の子から、うちの学校の女子だけのグループチャットに回ってきてるの。クラスのグループとか部活グループとか、人づてに無作為に広まってるんだけど」

そこにあった画像は、文化祭のポスターだった。正規採用されたポスターと全く同じ絵のタッチだが、中央に踊るキャッチコピーは『少年少女たちよ！　今こそ踏みしめよう、私たちの軌跡を』となっている。おまけに背景が見えないくらいにたくさん描かれている生徒たちは、制服の着方も髪色も体型も様々でまるでクラス集合写真のようになっている。

もう一枚の画像は、ポスターの制作者であろうジャージ姿の女子生徒が、その架空のポスターが掲示された壁の前でスケッチブックで顔を隠しながらピースしている写真だった。スケッチブックのページには『絶対また来年もポスター描くわ！』と可愛い丸文字のフォントで書き殴られていた。

「私たちもう今年で卒業だから、来年の文化祭はお客さんとして見に来ることしかできないの。今更もう『私も！』って声を上げても遅いの」

スマホをかざしながら、先輩は真剣な眼差しで俺を見上げた。

「だからお願い、野分くん。この画像の中にある世界を、ちゃんと現実のものにして」

強い視線に気圧されながら、俺はしっかりと首を縦に振る。

このスマホの中にある世界と、今先輩たちが浮かべているような強い眼差しこそが、天東涼を現実世界に繋ぎ止めているファクターなのだろう。

天東涼を異世界に行かせなかったのは俺だ。

だからこそ俺も、繋ぎ止めるための存在として作用しなければ。

＊＊＊

氷山凍がツイッターに浮上しなくなってから、一週間が経過した。

その一週間という期間で、日に日に小織が自分の口から語らなかった夜見小織という人間の素のようなものが見えてきた。

入居してから一度も使わずホコリをかぶっていたテレビを、最近は毎日つけるようにしている。地元のニュースを注意深く見ていても、小学生が行方不明になったというニュースは目にしない。図書室で見る新聞にも、そういった記事は見られなかった。

おそらく夜見小織の周囲の世界は、何一つ変わっていないのだろう。

小織が家に帰ってこないことも、学校に姿を現さないことも、世界にとっては何ら変哲の無い日常なのだ。

「野分くん、見てください。氷山凍さんのツイッターが動きました」

使者にそんな言葉をかけられたのは、帰宅した直後だった。

最近、俺は使者に自分のスマホをずっと預けている。捜査方法を使者が少しずつ理解してきたというのと、こちらの世界について知らないことを調べやすいだろうということでロックキーを全て解除して渡したのだ。

『今、何時？』

投稿されたのは十九時ぴったりである。リプライ欄には、もうすでに『十九時です』『七時ぴったり！　おかりなさい！』『氷山ー！　生きてたんか！』などいくつかのコメントが送られていた。

生きてたんか、の一言を送った奴に言いたい。その通りだよ。

ホーム画面に飛ぶと、たった今ツイートされたらしい投稿がトップに表示されていた。

『了解。じゃあ今日の二十一時に、ここに全員集合で。　#三十秒の異界』

夜見小織の不在を意にも介さない世界をせせら笑うかのように、その投稿は新たな世界の創造を予言する。

それは、氷山凍の完全復活を告げていた。

二十一時ちょうどに再び現れた氷山凍は、固唾を呑んで待機していた人々に向けて奇妙な指示を出した。

『あと十分したら、三十秒を数えて。　#三十秒の異界』

『三十秒ぴったり数えられたら、氷山に教えてほしい。氷山の言うとおりにしてくれた人に、氷山が一週間なにをしてたかのヒントをあげる。　#三十秒の異界』

思わず、息を呑む。ヒント。それは確実に、俺たちを釣っている餌だった。小織の幼い顔立ちに似合わぬ嘲笑が脳裏に浮かぶ。

果たして十分後に、祭りの火蓋は切られた。

氷山凍のアカウントには、大量のリプライが送られていた。『三十秒だよ！』『はかりました！』『はいぴったり～』『コンマの差は見逃してくれますか？　よろしくお願いします！』『参戦です！』『十時零分三十秒。ヒント求ム。』

それらのメッセージが送られてから、さらに十分の時間が経った。反応のない氷山凍に対して再び疑問のリプライが送られ始めた頃、タイムラインが一気に動く。

『一秒以内の誤差を認めたとして、今回条件を確実に達成してくれたのは百五十三人。協力してくれてありがとう。今まで氷山の調査レポを見てくれていた人たちは、氷山以上に氷山が見ている世界のことを考えてくれている。　#三十秒後の異界』

『なんかガチ勢とか考察班とか言われてるみたいだけど、違うでしょ。調査していたのは氷山凍ではなく、君たちだからだよ。君たちがなりたいのは観測者じゃなくてプレイヤーでしょ。　#三十秒後の異界』

そういえば小織は初対面のとき、自分のことを創造主と呼んでいた。小織はずっと、自分が本当はプレイヤーではないことを自覚していた。自分が本当にやりたいことはそうではないと。

『だから、今度は君たちが探して。　#三十秒後の異界』

その誘い文句を皮切りに、氷山凍は大量の写真を投稿した。一つのツイートに添付できる画像の数は四つ。『1～4』と端的な数字が始まったツイートは、リプライでつなげられて『149～153』まで続いていた。

　合計百五十三枚の写真は、全て風景写真だった。病院、神社、駅、山道、横断歩道、校舎、公衆トイレ、竹林——誰もいない景色の中に、見慣れないものが写り込んでいる。人間かどうかも分からない影のようなものだったり、不自然にゆがんだ物体だったり。

　有り体に言えば、心霊写真だった。

　一枚なら何の変哲もない心霊写真である。しかしそれが一度に百五十三枚も投稿されているとなると、至極異様な光景だ。

　間違いない。小織は異世界で今も生きている。そう思った俺だったが、律儀に一枚ずつ写真を眺めていた使者が意外な一言を吐いた。

「この写真、どうやって撮ったんでしょうか」

「……は？　どうやっても何も……異世界をそのまま撮ったんじゃ？」

「はい？　これらの写真、完全にこちらの世界の景色じゃないですか。それに、こちらの世界で魔法は日常なのです。こんな控えめな……何でしょう、無駄に恐怖を煽るような写り方はしません。あ、見てください野分くん。小織ちゃんがまた」

　使者が画面を指さす。ネット上に、氷山は再び浮上していた。

『明日の二十一時、四十七番目の場所で待ってる。お水を持ってきて。　#おつかれさまでした』


俺たちは慌ててリプライを遡り、四十七番目の写真を見つける。

その写真は、神社を写したものだった。

＊＊＊

日時まで指定されてしまって、それでも小織を無視するなんていう選択肢は俺にも使者にも無い。

しかしどうにも俺たち二人だけで動くのは不誠実であるような気がして、翌日になって俺はとある人物を探して校舎中を歩き回っていた。

一日中探しても「どんなタイミングの計り方をしたらここまで俺を避けられるんだ」というほどに見つからなかった探偵じみた挙動の彼女は、放課後になってあっさり俺の前に姿を現した。

「笈川くん」

放課後、天束涼が図書室の一番奥の棚の裏で俺を待ち伏せていた。

いつからここにいたんだろう。天束は腕を組んで壁にもたれかかっていた。おもむろに握りしめていたものを「ん」と俺に差し出す。

「これ、今夜使って。私は行けないからさ」

渡されたのはブルートゥースのイヤホンだった。今夜というのは、聞くまでもなく氷山凍のツイートのことだろう。天束は件のツイート群を見て、俺と使者が小織の誘いに乗るつもりだと理解しているのだ。

イヤホンを受け取った俺が口を開こうとする前に、天束が言った。

「ごめんね」

「……何に対しての」

「好きな人の前でされたら嫌なことをしてごめん」

固い声音で吐き出された謝罪に、俺は思わず言葉に詰まる。

「私は嫌なことを切り札にしたから、合わせる顔がなかったの」

踏み込めない。ここまで全面的に自分が悪いと言われたら、もう俺は引くしかない。

笈川葉桜の無双とは、別に魔法や異能力が跋扈する異世界においてのみ発動するものではない。

彼女が殺意を持って仕掛けた毒は、たとえただの言葉であろうと確実に作用するのだ。

葉桜は天束を俺から引き離すために、一番ふさわしい言葉をあの一瞬で選んだ。

『そんなことしか切り札にできないの？』

異世界の能力を使うまでもなかった。あの場において眩しく煌めく天束涼から輝きを奪うには、その一言だけで充分だったのだ。

「本当にすごいな、君のお姉さんは。自分がものすごく卑劣なことをしたという事実を突きつけられて、私は笈川くんに近づくことができなくなったもの」

「……卑劣？　っていうのは、どうして――」

「だからこそ、不思議なんだよ笈川くん」

俺の言葉は遮られてしまった。

天束は夕焼けに染まった図書室の天井をじっと見据えながら呟く。

「あの人は本当は、王子様とお姫様が結ばれて世界が救われるっていう物語が大嫌いなんじゃないだろうか」

「……は？　現に葉桜は今、俺と結ばれたら世界が救われるという状況を作ってるけど」

「そこなんだよ、笈川くん。実際に今、笈川くんが助けようとしているプリンセスは彼女だ。でもプリンセスは使い魔の雪兎さんが家族に裏切られていることに気付いていながら無視して、王子様と共に行動する仲間の町娘を殺そうとして、王子様を助ける魔法使いさんを異世界に連れ去ってしまった」

使い魔の雪兎とは使者のことで、町娘は天束のことで、魔法使いは小織のことだろう。物語を彩る仲間たちを、プリンセスは可憐な笑顔のまま徹底的に追い詰める。

「あの人が破壊したいのは異世界とか現実世界とか、そういう括りの世界じゃなくて……もっと概念的な、私たちが信じてきた世界の約束事であるような気がするんだよ」

「でもそれは、葉桜だからだろ」

異世界に行けなかった少女は、きっぱりと断言した。

「あの人は魔法の力で無双なんかしなくても、この世界でただ生きているだけで充分に強くいられたはずの人じゃんか。眼前で王子様が奪われそうになったとき、お姉さんが武器として選んだのは魔法なんかじゃなくて——ただの、言葉だよ？　それは異世界に行かなくたって、この世界で初期装備してたものじゃんか」

その武器で貫かれた天束涼が、淡々と語る。

「魔法がなくても充分に強かったはずのあの人を、異世界に追いやったものは何なんだろうか。だってあの人、現実世界でも存分に笈川くんを独り占めできたはず」

追いやった、という表現が刺さる。行ったでも選んだでもなく、追いやった。

天束が言っていることは、そのまま俺が異世界に行くことを拒絶した理由だった。

俺たちは別に、異世界に行かなくても幸せだったはずじゃないのか？

どうして今のままで満足だったはずなのに、葉桜は異世界を選んだ？

それが俺に分かれば、その原因を俺が排斥することができれば、葉桜はすんなりと異世界での荒唐無稽な結婚を諦めて俺の日常に戻ってきてくれるのだろうか。

「どうして葉桜にそこまで傾倒してくれるんだ？」

「……傾倒ではないでしょ、私のこれは。笈川くんのお姉さんが異世界に行かなくても、たぶん代わりに私が行ってただけだろうなと思うから他人事じゃないのかな」

分かるような分からないような理屈だった。しかし躊躇なく他人事じゃないと言い切る様子は、天束涼らしいような気もした。

天束はどこまでも真剣な眼差しで、じっと俺を見据えた。指先がふわりと宙を舞い、柔らかく俺の胸元を撫でる。彼女の琥珀色をした瞳が、一瞬だけ眩しいほどに煌めいた。薄紅色の唇を花咲かせるように開き、天束は俺に囁く。

「お姉さんのこと、私に教えて」

時間が止まったかと錯覚するほどの静寂が、その場を包んだ。

「…………は？」

天束涼の手が、蛇のようにゆっくりとした動きで胸元から俺の右手まで降りる。琥珀色の瞳が、こちらを射殺すほどの勢いでじっと俺の瞳を見つめる。

天束涼は、異世界からも見初められる台風の目だ。

彼女の世界が浸食する。

「何でもいいの。たとえば好きな食べ物とか……嫌いな、食べ物とか」

なんでも、と。

有無を言わせずに、念を押す。

「……どうして、そんな」

俺のブレザーの裾に添えられた天束の手が、わずかに固くなる。何かを言おうとして、しかし彼女は口をつぐんだ。

一拍の間を置いて、彼女は深く嘆息した。こわばっていた肩からふっと力が抜けて、困り顔の微笑を浮かべた。

「……私は、当てはめてしまったから」

その言葉の真意は分からない。

こんな言葉は天束らしくない。

俺の知っている天束涼は、本心を煙に巻いて逃げ切ろうとするようなことは。

「だから私は……私ができることって、当てはめることだから」

俺と繋がった細い指が、こわばる。

「教えて、笈川くん。君の知っている、お姉さんのことを。異世界に行かなかった私は、異世界に行った彼女の理由が知りたいの」

切実さすら滲む声音で、天束涼は呟いた。

「誰にも気付かれない真実があるのは寂しいもん」

寂しいのだろうか、葉桜は。

「……待って、天束。その前に」

「うん？」

「そもそも、俺も天束に謝りたいことがあって探してたんだよ」

天束があまりにも核心から遠ざかっていこうとするので、去っていこうとする彼女の意識を思わずそんな言葉で引き寄せてしまった。

「天束が噂されてるときに何もできなかった、ごめん」

俺の謝罪に、天束は「……ん？」と一拍遅れて反応した。まるでそれを謝罪されるとは思わなかったとでも言いたげに。

「え、ああ……いいんだ、それは全然」

本当にいいの、と天束はきっぱりと断言する。

夏祭りのあと、校内はしばらく天束涼が屋上でキスしていたという噂で持ちきりだった。相手は誰なのか、いつからそんな相手がいたのか、天束はもう誰かが『手を出した』女なのか、と下世話な憶測が飛ばされ、「なんで俺じゃないんだよ！」など本気でキレる輩も多発していたくらいだ。

しかしそんな噂は、三日も経たず下火になった。

自然消滅ではない。これは女友達から聞いた話なのだが、昼休みの食堂で運動部の男子盛り上がって話していたとき、そこを通りかかった女子生徒が食堂中に響く大声で怒鳴りつけたという。

『お前たちには関係ないだろ！』

その女子生徒は、文化祭のポスターをデザインした美術部員だった。

突然怒鳴りつけられた運動部のメンツは、唖然として押し黙っていた。彼らが『何だよ、怖』『モテない女のひがみかよ』などと二の句を吐き捨てる前に、周囲にいた女子生徒たちが次々に声を上げたという。

『そうだよ関係ない』『お手つきって何だよ』『私だって夏祭りで彼氏とキスした！』『私は恋人と手をつないで花火を見てた！』『私は先月、彼氏と部室棟の廊下でキスした！』『私は彼氏はいない！』『誰が誰と付き合ってても、付き合ってなくても、それはお前たちには何の関係もないことだろ！』

どの生徒も必死の形相で、身を震わせながら訴えていたという。女子たちが懸命に『関係ない』『関係ないだろ』と繰り返していたら、そのうち鶴の一声のように男子の太い声も上がった。

『そうだよな、確かに関係ない！』

コールに男子の声が加わったことで、場の空気が一変したという。遠巻きに運動部たちが大っぴらに『天束ちゃんの相手は誰だよ』『まさかお手つきだったなんてなー』とちの会話を聞いていた男連中も、囲碁部に背中を押されるように『まあ関係ないよな！』『俺も彼女ほしい！』『あー恋人ほしい！　恋がしてぇー！』などとふざけた調子で盛り上がり始めた。輪の中心にある話題が、どんどん男子たちの『関係ないわ』『俺たちが気にすることじゃねえよな』という笑い混じりのトークへと移っていくと、とうとう女子たちの訴えに臆していた運動部男子たちもバツが悪そうな顔で『……まあ関係ないな』と男子たちの笑いに混ざっていったらしい。

その一件以来、天束涼への邪推の目はピタリと止んだ。

「敢えて言うなら、怒っている人間の訴えに対してヘラヘラ返すのは不躾だと思うけどね。どうして張らなくてもいい虚勢を張っちゃうんだろうか」

棚に並んだ本の背表紙を指でなぞりながら、天束は苦笑した。

「女の子って怒っても笑われるし、泣いても笑われるからさ。何かを訴えたいときは『最強』になるしかないんだよね」

「……」

だとしたら、異世界で最強になった笈川葉桜は何を訴えたかったのだろうか。

それから俺たちは、何も話さなかった。

お互いに相手への言葉にできない思いを持て余していることに気が付きながら、手を取り合ってそれを解読しようとすることもせず、ただ遠慮がちに別れてしまった。

天束涼はあまりにも無情に、俺にキスした自分を「卑劣」と断言した。

そんなにひどいこと言うなよと抵抗してしまいたくなるほど強い言葉選びは、おそらく『ここまで言い切ったのだからこれ以上は踏み込むな』という天束の無言の悲鳴だ。

きっと天束にとって、そこが触られたら痛い箇所なのだろう。

卑劣という言葉で自分を切り裂いた彼女は、まだ痛いはずの傷口に容赦なく刃物を突き立てているかのようだった。

その刃物に触れれば、不用意に彼女の傷を増やしてしまうことになりそうで。

だから、何も追及できなかった。

＊＊＊

その日の夜、俺と使者は二人で氷山凍が指定した神社に向かった。

夜の神社は、異様なほどの人混みだった。

夜闇に紛れるようにして集まっている人々の年齢は様々だ。いかにも学生らしい風体の者から大人たち、果ては地元の中学のジャージに身を包んだ中学生まで。

彼らは一様にスマホを握りしめて、チラチラと周囲を見回している。この人混みの中に正体不明の氷山凍がいるはずだ、という目だ。

しかし氷山凍の正体が夜見小織だと分かっている俺たちには分かる。

夜見小織はどこにもいない。

『皆さん、おつかれさまです。集まってくれてありがとう』

二十一時ちょうどに、氷山は動いた。

『まずは自分の身を守るための結界を作らなければならないよ』

『地面に自分の両足が入るくらいの円を描き、東西南北の方角にそれぞれ結び目をつけた自分の髪の毛を供える。水が入った容器を円の外に置いて。団体で来ている人も、一人ずつやって』

スマホの画面を眺めていた人々が、その指示に従って地面に円を描き始める。俺たちも従うことにした。神社はどこか高揚した雰囲気に包まれていた。

『今から氷山が打った文章を、円の中に立って唱えてくれ。一度で構わないけど、絶対に間違えないで』

神社のあちこちから、ブツブツと呪文を呟く声が聞こえる。

「【我ら】は【零】より《浸出》する」「【我ら】は【境界】より《特出》する」「【我ら】は【扉】に《成り代わ》る」「【我ら】は【地点】を《脅》かす」

『唱え終わったら、水を飲んで。一口でいい』

ひくっ、と使者が息を呑む音がした。

「野分くん、掴んで」

すっと手を差し出された。その冷たい手に軽く指を絡めると、視界が一変した。

神社の境内に、巨大な影が見える。

三〜四メートルはありそうな人影は、手足と頭部が異様に長く揺れている。黒い影は巨大な手をゆっくりと伸ばして、呪文を唱える人々の間近に迫ろうとしていた。

「……自分の身を守るって、あの影から？　あれも異世界人なのか？」

葉桜が行った異世界侵攻と同じことが起こっているのだろうかと思って使者に問いかけるが、使者は首を横に振る。

「あんなの知りませんよ、私。なんですか、あれ」

氷山凍がインターネットに心霊写真をアップしたときと全く同じ反応だ。小織は異世界にいるはずなのに、異世界人であるはずの使者は小織と繋がっているはずのものを「知らない」と断言する。

「確かに魔力の存在は感じます。でもあれは、私たちの世界の者ではありません。ただ、この小織ちゃん製の結界が身を守るということは、あれは私たちを襲ってくるわけでしょう？」

使者は軽く舌を鳴らして、正体不明の巨大な影を見上げた。

「私の身を守ってくれるのは、私だけですけれどもね」

そして、彼女は結界の外へと足を踏み出す。口の中で何やら小声で唱えた瞬間、彼女の小さな手の中に小ぶりのパチンコが現れた。銀色の紋章が入ったパチンコ玉を手の中でジャラリと鳴らして、使者の翠色（みどり）の瞳が巨大な影を見上げた瞬間。

それは、起こった。

「おい、見ろよこれ」「え、何？　考察班の人のツイートじゃん、これ」「どういうこと？」

「逆って、何が？」

円の中で呪文を唱えていた人々が、ざわめきながらスマホの画面を見せ合っている。彼らが見ているのは、氷山のツイートに送信されたとあるリプライらしい。

『ねえ待って、素直に現地で氷山の指示に従ってる人たち大丈夫？　これって逆じゃねえの？』

『これが本当に結界だとしたら、どうして結界の外に置いていた水を体内に入れるんだよ。水って悪いものを取り入れるもんなんだよ、普通。捨てるならともかく、結界の外にあった水を飲ませるって何？』

『逆じゃねえの？　悪いものから身を守るんじゃなくて、氷山は悪いものを結界の中に入れようとしているんじゃないのか？』

『そもそも氷山凍は、神社に大量に人を集めて何がしたいんだよ』

その疑問のツイートを皮切りに、他のユーザーからもリプライが届く。

『そういえば氷山凍は、失踪の前に化物を召喚する儀式ばかり追っていた』

『たまたまそういう調査依頼が集まってきたんじゃなくて、氷山凍が敢えてそういう儀式ばかりを追っていたとしたら？』

『氷山は霊や呪いを「降ろす」ということにこだわっていたんだ』

『じゃあ今回、現地の人がやらされてるのって？』

『結界じゃないんだよ。逆に呼んでるんだ、現地の人たちが。自分たちで』

『昨日の氷山のツイートについてた　#おつかれさまでした　って、ひらがなだったじゃん。あれって漢字に直すと　#お憑かれさまでした　だったりしてw』

『決まりだな』

考察に慣れたインターネットの住民たちは、光の速さでその結論を導き出す。

『結界の外が危険なんじゃない。結界の中が【扉】なんだ』

「な……っ」

パチンコで影に狙いを定めていた使者が、息を呑む。

「な、なんですか、これ」

巨大な影が、一瞬にして霧散した。代わりに神社のあちこちにいる人々が描いた円の中が、真っ黒な影で満たされている。呆然(ぼうぜん)とスマホの画面を眺めている人々の足下から、真っ黒な人影が湧き出ている。人影は円の中にいる人間を包み込み、搦(から)め捕ろうとしていた。

「魔力表出の条件が、途中で変わったのですか……？」

呆然と立ち尽くしたままの人々には黒い影の姿が見えない。だから身に迫る危機も分からない。

『よし、今だ使者ちゃん。打ち合わせ通りのことを言って』

使者と俺が片方ずつ耳に嵌(は)めていたワイヤレスイヤホンから、天束涼(あまつかりよう)の声が聞こえた。

『なるべく大声で』

「この人、さっきからスマホの画面を一度も見ていません！」

使者の鋭い叫び声が、神社中に凜(りん)と響く。

「どうして氷山凍の指示を見ずに、皆さんと同じ結界が作れているんですか!?　あなただけは最初から何をさせられるか知っていたのでは!?　あなたが氷山凍なのでは!?」

その場にいた人々の視線が、一斉に俺に集中した。

俺はこの場で一人だけ、スマホを持っていなかった。耳に嵌まっているワイヤレスイヤホンは髪に隠れて見えない。氷山凍のツイートの内容は、ここには来ていない天束涼がずっと通話で教えてくれていた。

　神社の敷地内にざわつきが広がっていく。人々の視線が俺たちに集中している。そんな中、生暖かい風が不意に使者の髪を巻き上げた。

「聖園指定都市【第八】より《秘匿》する――その【五覚】を《縛》する」

　背中に隠していた左手で、使者がパチンッと指をはじく。その瞬間、柔らかい風が波紋のように地面に広がった。俺たちに意識を向けていた人々が、電池が切れたようにふっとその場に膝をつく。

　眠ったように動かなくなってしまった人々を見回して、使者はふっと嘆息した。それと同時に手中に収まる程度だったパチンコが消失し、代わりに銀色の片手剣が現れる。目撃者がいなくなった分、目立ってもいい武器に切り替えたらしい。

　正体不明の影たちを見つめて、使者が剣を構える。しかし俺は、そんな使者の肩に触れた。この場で俺はスマホの画面を見ていなかった。だからきっと、俺だけ気付いた。

　スマホの画面を見ていなかったのは俺だけではない。

　それは一瞬、三本足のシルエットに見えた。

　よく目をこらすと、三本目の足は杖だった。寄木細工のような細かい図面が入った太い杖に体重を預けて、気怠そうに立ち尽くしていた。

　黒い学ランと外套が、シルエットの凹凸をすっぽりと覆い隠して直線にしている。学帽の下から覗く翠色の瞳が爛々と光りながら、まっすぐに俺たちを——使者を見ている。

俺に肩を引かれて、使者もようやくその人影に気がつく。

そして露骨に、凍り付いた。その反応をしっかりと見届けてから、学ランの人物は満足そうに笑って一歩を踏み出す。

足下の玉石を踏みにじりながら、その人物は杖に彫り込まれた図面に手を這わせた。

「【第三】《展開》」

カツンッ——と鋭い音を響かせて、図面が動く。

仕掛け箱のように瞬く間に図面をずらし、その人物は勢いよく杖の先端を地面に叩きつけた。激しい破裂音と共に杖全体が光り輝き、図面がほどけて杖全体が変形する。

その杖は、日本刀へと成り代わった。

「一人でシてんなっつの、ビッチがよ」

黒い学帽を指で押し上げると、その下の表情は高揚にまみれた笑顔に染まっていた。

「俺が上、お前が下ね。女に跨がられんの好きじゃねーから」

「……っ、待ちなさい！」

怒声を上げながらも、使者は指示に忠実だった。黒ずくめの人物が夜空に跳ぶと同時に、地面をバネのように跳ねる。空と地面から、二本の白い閃光が煌めく。

二本の刃の輝きに触れた瞬間、不気味に揺らいでいた黒い影が凪いで消失した。二度、三度と閃光が浮かぶと、神社の敷地内に蠢いていた影たちはほとんど斬り捨てられる。

「……ぁは♡」

学ランの人物は、地面に着地すると同時に最後の影を革靴のかかとで踏みつけた。

闇の中に霧散する影には目もくれず、その人物は日本刀の柄に彫り込まれていた図面を指で弾いた。一つの図面がずれただけで、その刀は再びバラッと正方形のキューブにばらけて杖の形に戻る。

その人物はとろんと双眸を蕩けさせ、甲高く甘い声で言った。

「待ってってなぁに？　若くて可愛いお嬢ちゃんから逃げるなんて、そんな男が腐ったような真似しねぇってばぁ」

「相変わらずですね」

使者が片手を離して、白銀の剣を消失させる。

「お久しぶりです、お兄さん。どうしてここに？」

「……は？　兄？」

思わず目の前にいる人物の全身を凝視しかけ、すぐにそれが不躾だと思ってやめた。

しかし咄嗟に漏れてしまった俺の当惑の声を聞いて、使者は眉間に深い皺を刻む。

学ランの人物が、おもむろに学帽を脱ぎ捨てた。その下から現れたのは、使者と同色の銀髪だった。体のラインの凹凸を隠す外套が、風になびいて一瞬だけ羽のようにはためく。

にやりと笑って、兄と呼ばれた人物は俺に拳を差し出す。

「はじめまして。てことで兄同士仲良くしようよ、お兄ちゃん」

その呼び方を聞いた瞬間、俺はその人物の手首を掴(つか)んだ。

「小織(こおり)を知ってるんだな？」

在りし日の異世界にて①

同い年の男児たちが自分の名前の書き方を教えてもらっているのを見ながら、花油での髪の手入れの仕方を教わった日の屈辱を今でも覚えている。

私の一族の魔法は、有り体に言えばスパイ行為に向いている。だから認識改竄魔法に加えて、敵の懐に入り込むための一芸を磨くのが普通なのだ。

そういった一芸は男性魔術師であれば武芸や知識など様々な可能性を与えられるのに、女性魔術師は判で押したように「色事」のみを推奨された。

櫛を入れなくてもまっすぐに伸びる銀色のロングヘアは、自分の体の一部ではなく男性の目を引くためのアイテムでしかないと察した。しかし、その髪を同世代の男子に引っ張られたとしても、身を守るために「ふざけるな！」と怒ると「女子が声を荒らげるとは何事か」と大人たちに苦言を呈される。親戚の姉様たちからも「男の子は乱暴だから許してあげてね」「あなたが好きなのよ」とたおやかにたしなめられた。

しかし、許せるわけがない。

自分が問答無用で櫛とリボンを与えられているときに、剣と本を両方与えられて「特異なことを探しなさい」と言われている男児たちを見せつけられて、それなのに乱暴すらも許せだなんて。

字を習うことが許されても、女子にとって文字とは世界を広げるためのものではなく、「綺麗な字を書いて育ちの良さをアピールするための手立て」にしか過ぎなかった。年上の兄様たちが読んでいる本に手を伸ばして、自分がどこまで理解できるのか試そうとすれば「生意気だ」と叱られた。

同世代の男児は、自分たちができる学習に私が手こずっているのを見て、やはり女子は能力が低いと馬鹿にした。

理不尽だな、と子供ながらに思った。勉強すればするほど褒められる人間の隣で、こちらは辞書を引いただけで「調子に乗るな」と叱られているっていうのに。

ある日。

お菓子を分けるような調子で、親戚のお姉さんが白い石を渡してきた。

「ねえ、これ分けてあげる」

「何ですか？　これ」

「魔鉱石のお店で買ってきたの。これを身につけると、運命の男性に会ったときに石が熱くなって教えてくれるんだって！」

キラキラとした瞳で語ったお姉さんは、白い石をしっかりと握らせて「じゃあね！」と優しく手を振って去って行った。

お姉さんがいなくなってから、庭に走っていって石を捨てた。

「ごめんなさい、お姉さん。私には必要ないんです、男性とだけ繋がる運命なら」

庭の向こうから小さな子供たちの笑い声が聞こえた。ふと顔を上げると、自分よりも遥かに幼い子たちが木の枝を剣のようにふるって戦っていた。

どの子の動きも激しくって、おまけにまだ幼い子供だから、パッと見ても男女の区別がつきづらい。それでもひときわ動きが良い子がいて、ふとその子に目を奪われていると、そのうちその子が女子であることに気がついた。

「セラフィスが一番強い！」

周囲の男子たちが、屈託なくその女子を褒める。彼女はまだ短い銀髪を揺らしながら、ケタケタと笑った。

ああ、この子もそのうち髪を伸ばせと言われるんだろうな。

木の枝を取り上げられて、しっかり櫛で梳かせと言われるのだろう。むやみに笑うことだって、きっと「馬鹿に見える」と叱られる。今は彼女を尊敬している男子たちに見下され、運命の男と会ったときに熱くなる石を渡されるのだろうか。

もう誰が憎いのか分からない。

　それでも世界を呪わずにはいられなくて、私は木の枝を振るう子供を見ながら、きつく自分の両肩を抱きしめながら呻いた。

第二章　腕から放さない女

掴んだ手首は、俺が手中にすっぽりと握り込めてしまうほどに細かった。

「なぁに？　初対面の人間と挨拶することもできないの？　礼儀知らずだね」

礼儀だと？　使者の質問を無視したくせに、何を人間の言葉を喋ってるんだ。

「……あのですね、野分くん。そのくらいで機嫌を悪くしていたら、あなたこの人とは話せませんよ。気にせず続けてください」

「勘弁してくれ、そうじゃないだろ。自分が殴られたら怒ろうよ」

使者がきょとんと目を丸くする。その無邪気の目は、やはり自分がされたことの意味が分かっていない。

家族のことを無視しただけではなく、その直後に俺だけに礼儀を払った挨拶をしたことで使者は二重に貶められたのだ。目の前の人物は、使者の自尊心を傷つけるために俺を利用したのだ。

そんな侮辱を流してしまうほどに、使者にとってこの仕打ちは日常だったのだ。

その時点でもうどうしようもなく愛想よくできないのに、その上この人物は俺を「お兄ちゃん」と呼んだ。異世界の支配者の「弟」として名を馳せているはずの俺をそう呼ぶのは、こちらの世界から「妹」として退場した人間だけだ。

「小織(こおり)？　ああ、あの暴君(ランページ)ね。今はちょっと子供っぽすぎるけど、手足が長いから数年後には逆に大人っぽい女になりそうで……でも今のままでも、そういうフェチとして需要ありそうな、イマイチ食べ時が分かんない子。あの子のことでしょ」

　需要？　食べ時？　聞こえてきた言葉に、思わず耳を疑ってしまう。

「あんな子供に何言ってんだ、認知歪(ゆが)んでるだろ。小織は出荷される野菜じゃねえんだぞ」

「えー何それ面倒くさい、点数稼ぎすんなよフェミニスト。それより暴君の居場所が知りたいの？　だったら最初に俺の話を水差さずに聞きましょうね」

　猫なで声を出しながら、兄は地面に座り込んでいた青年の背中に腰を下ろした。人間椅子の上で悠然と足を組み、杖(つえ)の先端を指揮棒のように振るう。

「さて、まずは俺の愚妹を面倒見てくれてありがとうね。ちょっとくらい味見してみた？暴れ馬だから乗っかるとき振るい落とされなかったかな。あ、まだ手ぇ出してないの？何だよつまんねぇな、童貞がよ。よし本題に入ろうか、暴君の居場所についてだっけ？」

　流れるようにまくし立てられたマクラに、俺の隣にいた使者が頭を抱えた。「聞かせたくない、野分くんには聞かせたくない……」と呻(うめ)いているが、俺からしたら使者に聞かせたくないことばかりだ。自分はいいのか。

「暴君は笈川葉桜(おいかわはざくら)の手に渡る前に、俺たちの一族が保護した。感謝してもいいよ。どうでもいいけどあの子めちゃくちゃ喋るよね、女児のくせに落ち着きがねぇんだわ。笈川葉桜が暴君を利用して何をしようとしていたのかは不明だが、確実に分かることはある」

トン、と杖の先が地面に叩き落とされる。

「笈川葉桜は、俺たちの一族を潰すと宣言した。彼女が口に出した瞬間、それは決意ではなく事実となる。何せ彼女は、彼女自身が秩序なのだから」

使者が小さく鼻を鳴らした。そんなことは言われるまでもない、とでも言いたげに。

「だから俺たちは、笈川葉桜に潰される前に彼女をこちらの世界に帰さないといけないのだよ」

「……は？」

またしても耳を疑った。

「葉桜をそちらの世界に拉致したのはお前たちだろうが」

「そうだよ、俺たちだ。しかし不要になったものは返却する、道理だろ？」

兄は軽やかに笑う。革手袋に包まれた手が、視界の先で挑発するように揺れた。

「そちらにとっても悪い話ではないはずだ、姉ちゃんが帰ってくるんだから断る理由はないだろ？　異世界の都市を支配した巨悪を普通の女の子に戻したいって話だよ。しかし笈川葉桜は、俺たち一族を滅ぼす前にこちらの世界に戻ることは決してしないだろう。彼女は『全部を奪う』と言ったんだ。だから有言実行の彼女が全てを奪ってしまう前に、俺たちに協力して、葉桜ちゃんをこちらの世界に戻そうよ」

「あなた、それがどれほど都合が良い話だって自覚してます？」

口を挟んだのは使者だった。眉間に刻んだ皺をこれ以上ないほどに深くして、じっと自分の兄を睨みつけている。

「勝手に野分くんから葉桜様を奪っておいて、どんな気持ちで今更そんなことを言ってるんです？　協力？　本来ならば、私たちには野分くんに交渉する権利もないはずです」

葉桜を異世界に拉致した犯人のことを『あなたたち』ではなく『私たち』と呼ぶ。使者が罪悪感を抱くようなことは無いはずなのに、どうして自分を黒幕側に括るんだ。

「お前、ずいぶん絆されたね」

兄が穏やかに微笑んだ。

「お姉様にナニ教えてもらったの？」

使者の頬がサァッと紅潮した。

凍り付いてしまった使者の手を、思わず握る。その言葉が使者を抉ったことは分かったが、俺が代わりに「なに馬鹿なこと言ってんだ」などと言い返したらその返す刀も使者を傷つけてしまいそうで、ただ繋がった指に力を込める。

俺の力が伝わると、対照的に使者の指先からは力が抜けた。自分の放った言葉の棘が抜けたのを見て、兄は軽く眉根を寄せる。

「女子供みたいなコミュニケーションするんだね、君。一発でも俺をぶん殴れば、そいつのキスをもらえるかもしれないのに。まあいいや、俺の愚妹が生意気なのは今に始まったことじゃないんだし。それより、人の話は最後までちゃんと聞いた方がいいよ。俺がどうやって笈川葉桜をこちらの世界に送り返すか、今からちゃんと説明するんだからさ」

見知らぬ男の背の上で足を組み替えて、兄は杖の先端を俺たちに向けた。

「いいか？　俺たちの武器は、二人目の転生者だ。君も見ただろ？　愚妹が気付いたとおり、先ほどの影は異世界人の襲来ではない。二人目の転生者が能力を発動したことによる副作用みたいなもんだ。二人目は異世界に来てからも、こちらの世界と繋がることができる能力を持っていた。こちらの世界の人々に広く認識されることによって、その魔法の威力が強化されることになる」

兄は彩度の高い瞳を細めて、ちろりと悪戯っぽく舌を出した。

「あのお子ちゃまは『バフが掛かる』っつってたけどね。そのバフが掛かった魔法を総動員させて、葉桜ちゃんに対して戦争を仕掛けたい。なあ愚妹よ、俺たちの計画に賛同する魔術師は意外と多いんだぜ？　笈川葉桜という規格外に対して、二人目の転生者という規格外をぶつけて勝つんだ」

「無理ですよ、お兄さん。葉桜様は私たちの都市の支配者です。圧倒的な力で前統治者を蹂躙した結果、葉桜様の実力を認めて彼女に賛同する市民も多いのです。彼らが黙っていませんよ、葉桜様の討伐計画なんて」

「悪いけど嬢ちゃん、見当違いにもほどがあるぜ。〈ストレイド魔術学院〉という学園都市に所属する者たちは、正体不明の転生者である笈川葉桜を『前統治者よりも実力があったから』という理由だけで受け入れたほどの圧倒的な実力主義者たちだ。だったら俺たちも、葉桜ちゃんと同じことをすればいいだろ?」

「……まさか」

「地獄を再演すんだよ、粋だよね?」

兄が立ち上がると、椅子にされていた青年がバランスを崩した。派手に玉砂利の上に倒れ込んだ人間には目もくれず、黒い外套の下で恭しく両手を広げた。

「俺たちは笈川葉桜を支配者の座から引きずり下ろし、新たな支配者を打ち立てる。一人目の転生者にできて、二人目にはできないなんてことは有り得ないんだからさ」

「あなたたち、小織ちゃんを私たちの都市の支配者に据えるつもりですか?」

「つまらんことを言いなさんな、嬢ちゃん。『あなたたち』じゃないってば」

杖のグリップを使者の眼前に突きつけ、兄は胡乱に微笑した。

「この計画は、二人目が自ら受け入れたんだ。いわばこれは、彼女の意思だぞ。二人目は異世界の支配者になりたがっている。蔑ろにするのか?」

「……意思?」

にんまりと唇を弧の形に広げて、兄は使者に突きつけた杖のグリップを降ろす。

「そもそも今夜の儀式は、二人目による『試し打ち』でね。自分の能力がどんなふうに発現するか、実験していたらしい。分かったことは、俺たちの世界と君たちの世界とでは時間の流れが同じであること。そして二人目は、魔術具がなくても自分が思い描いた世界をこちらの世界に文字や写真として流すことができるということ」

魔術具というのはスマホのことだろう。こちらの世界に来たばかりのとき、使者もスマホのことをそう言っていた。

小織はスマホがなくても、氷山凍としてインターネットに現れることができるようになった。自分が頭の中で思い描いた世界を、自在にネットに表出させることができる。あの大量の心霊写真も、小織の脳内の映像をそのまま映し出したものなのだろう。

つまり小織は、本物の『氷山凍』になったのだ。

『やっぱり小織は――こっちの世界では本物にゃなれねぇよなぁ』

小織がこちらの世界に残した言葉が、耳朶の奥で蘇る。

「しかし二人目の能力には、欠点があった。というか今夜、それが発覚したのだけども。二人目は、俺たちの世界の魔法をそのまま書き起こしているわけではない。彼女の創作スタイルに則って、こちらの世界の人々に受け入れてもらいやすいように書き直ししているんだ。例えばさっきの儀式は、簡易魔法陣を媒介として発生する低級影獣だろ？　それを二人目は『神社に現れる幽霊から身を守る儀式』として書き直した」

「低級影獣？　あれが？　違いますよ、低級影獣はあんなに存在が曖昧ではありません。先ほど現れたものは低級影獣とは全くの別物です」

「そう、そうなんだよ！　それが俺たちの誤算にして、二人目の能力の面倒くさい点！」

兄は気安く使者の肩を叩き、大きな溜息を漏らす。

「俺たちの世界で二人目が魔力強化をしたのは、確実に低級影獣だった。しかし、氷山凍は再構築で低級影獣を『正体不明の何か』としか表現しなかった。分かるかい？　氷山凍が干渉した場所が、二人目の能力が及ぶ結界となり、二人目の脳内が寸分違わず現実世界において再演されるんだ」

本物になる。小織はそう宣言して異世界へと消えた。

「低級影獣が現れる魔法陣域と、儀式会場となったこの神社が二人目の能力によって繋げられた。いいかい？　二つの世界は相互干渉されているんだ。こちらの世界の認識が俺たちの世界に魔力強化として干渉するのと同時に、こちらの世界での認識も向こうの世界に影響する。さっき途中で黒い影の形が変わったろ？　あれは、こちらの世界で怪談の認識され方が変わったからだ」

氷山凍の調査レポートは、氷山本人ではなくそれを読む第三者たちが真実を考察する。

さっきも儀式が「参加者の身を守るためのもの」だという解釈から、「参加者たちを利用して化物を召喚するもの」という解釈へと変化していた。

その考察すらも吸収して、氷山凍の描く世界は姿を変える。

「そうすると、こちらの世界が変容した分だけ異世界の魔法条件も変わるんだ。俺たちは低級影獣を一体召喚し、二人目の身を守るために彼女を防壁陣の中にかくまった状態で能力の発動を見届けた」

兄は厳かな教師のように、淀みない口調で語った。

「低級影獣を召喚するために使用した魔力は、確かに一個体分だけだった。こっちの世界だと魔力に近いエネルギーは電気っつーのかな？　電気器具を動かすのに必要なエネルギーは決まってるだろ。でも二人目の能力によって再構築が加われば、一個体分の魔力で複数体の魔獣を召喚することができる」

兄は足下に描かれた円をつま先で蹴散らして、鼻を鳴らした。

「おまけに低級影獣ですら、防壁陣を突破することができるんだ。明らかに俺たちの世界の理が変わってんだよ。こちらの世界には実在するはずがない化物が現れ、俺たちの世界では魔法の条件が変わる。世界が『氷山凍』の思い描いた姿に塗り替えられるんだ」

兄の双眸が、夜の闇の中で爛々と輝いた。

「なぁ愚妹よ、これなら勝機があるだろう？　笈川葉桜は無敵である、という前提条件すらも変えられる可能性があるんだよ。『氷山凍』という結界の中に葉桜ちゃんを取り入れて、葉桜ちゃんの『一切の魔法が効かない』『こちらの世界と繋がることができる』という無敵の加護を奪うんだ。それさえ無くなれば、葉桜ちゃんは普通の女の子だろ」

「私たちの一族から何も奪えない、普通の女の子……ですか」

使者が呟く。その声音に含まれた影には気付かず、兄は続ける。

「そのために、俺たち協力しようぜっていう提案だ。俺が今ここにいるのは、あくまで二人目の能力のおかげだ。氷山凍は儀式で何が召喚されるか提示しなかっただろ？　だから俺自身が『儀式によって召喚された異形』という解釈に当てはまり、今ここに影と同等の扱いで現れることができている。しかし、常に二人目がそういった解釈の抜け穴を作れるわけではなかろうよ」

「だから私たちに、現実世界の方をなんとかしろと……そういうことです？　あなたは小織ちゃんと共に異世界で葉桜様と対峙するから、私たちには現実世界に現れた化物の方を対処しろと？」

「そういうこと。お前にしちゃあ理解が早いじゃないか、いい子だね」

使者の銀髪に指を絡めて、兄は苦笑した。そのまま銀髪の奥にあった使者の耳に口元を寄せて、囁き声をかける。

「なあ、お兄ちゃんたちのお願い聞いてよ。葉桜ちゃんが俺たちから一切合切を奪うと宣言したんだ、それがどれほどの危機かお前には分かるだろ？　俺たちと一緒に異世界を守って、お前も一人前の仲間入りしようぜ」

「仲間入り、って……元々私は、いくら願い下げたくても、あなたたちの一派なのに」

「あらぁ、そう思ってたのかよ？　尚更いい子だね」

俯く使者の両肩を抱きながら、おもむろに兄の翠色の双眸が黙り込んでいた俺を向いた。

「というか弟くん。何をさっきから黙り込んでるんだよ。君の姉ちゃんの話だぞ、何も思わないわけがないだろ？　ノってこないとか、それでも男の方の性器ついてんのか」

「お兄さん、自分で気付いてなかったんですか」

肉親に肩を抱かれたまま、使者は吐き捨てた。

「野分くんが徹底的に黙ってくれたおかげで、あなたはようやく私を話し相手として認識したんですよ」

訝しむ兄の手を振り払って、使者は呟いた。

「ありがとう、野分くん」

翠色の視線は依然として、地面をじっと見据えている。

「野分くんがこの人のくだらない挑発に乗らずに沈黙を選んでくれたから、私はこの場で意見を出す権利を獲得できたんですよね。私、分かってますから」

だから、と使者は口の中で漏らして、天を仰いだ。暗い夜空を見上げて固く目を閉じる。

再び開いたとき、彼女の瞳には一滴の涙も浮いていなかった。

「だから、もういいです」

「……そっか」

俺は、やっと口を開いた。

「余計なことして、悪かった」

「そんなことないです。野分くんが葉桜様のことを『葉桜ちゃん』って見下して呼ばれて、それでも怒らなかったのは異常だから。そのくらいの我慢をさせて、ごめんなさい」

兄は初め、身内であるはずの使者を差し置いて俺にばかり話しかけていた。目の前にいる使者を「手ぇ出してないの？」などとコミュニケーションを取るための道具として使いながら、頑なに俺にばかり話しかけていた。

使者は男同士の会話を盛り上げるための道具にはされているのに、交渉の場において意見を出す権利を与えられていなかった。

だから黙った。

お前が話すべきなのは俺じゃないだろう、という念を込めて。

だんだんと兄が使者の相槌を受け入れ始め、「愚妹」「お前」と呼びながら使者を話し相手に選び始めて、彼女と視線が合って、それなのにこの期に及んで使者を騙したことへの言及は一言も無いのだ。

「男を知ると素直じゃなくなっちゃうのかね、これだから女の子は」

支離滅裂なことをぼやいて、兄は肩をすくめた。

「まあいいさ。君たちが判断を迷うには、世界はどうしようもなく手遅れなんだから。分っかるっかなあ～？　ここまでの一連の流れが、二人目にとって準備段階だったんだ」

「――【第七】《展開》」

短く唱えて、兄は杖の先端を地面に叩きつける。瞬間、細身の仕掛け箱のような図面がバラリと崩れて、正方形のキューブとなって兄の足下に散らばる。

キューブの表面に彫り込まれた溝から淡い光が上がると、それは一繋がりの紋様となって兄の周囲を囲った。

「ちゃぁーんと追っかけてきてね、処女雪ちゃん」

軽やかに手を振り、兄は光の陣と共に姿を消した。

＊＊＊

『ちょっと移動します』

氷山の端的なツイートに添付されていた画像は、廃病院の写真だった。なぜ廃病院だと分かったかというと、画面の端に写る駐車場には茫々と雑草が生い茂っていた上に、コンクリートの地面も塀も、病院の壁面も、細かい亀裂で覆われていたからだった。

その外観は明らかに正常な時間の流れから取り残されていて、それなのに空虚とも思えないような異様な存在感を放っていた。

『これ、○○病院じゃん』『○○病院は廃墟ではないだろ』『加工でいじってる感じ？』

すぐさま画像のツイートに、特定班のリプライがいくつか繋がる。

『はいこれ元ネタの病院のマップ。その神社からは徒歩で十分もかからない』『氷山凍が『儀式』を促してから、すでに十分以上は経過している。氷山が徒歩で移動したと考えれば、この画像が投稿されるまでの間隔は妥当だ』『画像をアップするタイミングも計算してる。さすが氷山レトリック』

リプライに紛れ込んでいたマップの画像を拾い上げ、俺たちはインターネット越しに小織が指定した場所へと走った。

天束との通話は、かなり前に使者が切っていたらしい。兄と俺とを会話させることすら渋っていたような彼女だ。おそらく一連の会話は、全ての地雷を正しく見分ける天束涼にだけは決して聞かせたくなかったのだろう。何せ天束は、誰よりも早く使者が置かれている状況を扱き下ろした人間だ。

「兄といっても、あの人は一族の本家筋というだけで実際は遠縁の親戚です。たまに会うことはありましたが、おそらく野分くんが想像しているようなきょうだいではないですよ」

病院に向かう道で、使者はきっぱりと言った。俺にとってのきょうだいのイメージを知っている使者は、まずは自分と俺の世界の齟齬を表そうとする。

「私にとって親戚の兄というものは、出会い頭に幼い私を突き飛ばして転ばせるような存在であり、私が家族からもらったリボンをズタズタに切って池に捨てる存在であり、私が与えられたお人形を射撃の的にして稽古を始める存在であり、幼い頃の私に無理やり武器を持たせて自分と戦わせて不格好を笑っていたような存在です」

吐き捨てられたエピソードに、俺は思わず直球で失礼なことを言ってしまった。

「そんなことされて、お前よく身内のこと信じてたな」

かなり怒られることを覚悟して言った一言だったが、使者は訝しげに「はい？」と眉根を寄せた。まるで俺が急に変なことを言ったかのように。

「何その顔は」

「これらの仕打ちは全て私への躾に該当するので、正当なんです。分かるでしょ」

いやごめん全く分からないと言いたかったけれど、使者の表情があまりにも真剣だったので言い淀んでしまった。違うだろとは思いつつ、他人である俺が否定してもいいのかどうか迷ってしまって。

「たとえば池に落ちたのは、私が体幹でしっかり身を支えることができなかったからです。実戦で転ばされては意味がないから、やはり女は体術なんか習っても無駄だということを私に直々に教えるための躾です」

「実戦の敵ならともかく、家族に飛ばされるとは思わないんじゃ――」

「リボンを切られたのもお人形を的にされたのも、私が自分に与えられた玩具に気を緩めて稽古をおろそかにしていたのが問題でした」

「おろそかにするって、それ具体的な基準でも示されてたのか？　ここからここまでやればリボンと人形は無事だよみたいな……いや、物で脅すのも違うんだろうけど」

「無理やり戦わされたことも、私がちゃんと学んだことを実践できれば負けなかっただけの話なので」

「体罰ってご存知か？　今の時代は許されないのかって嘆く大人もいるけど、どの時代でも駄目だからそれ。最初から許されてなかったことに今更気付いただけだから」

「……野分くん、私の家族に容赦ないですね。何をムキになってるんですか」

「だって使者が昔の自分に容赦がないから」

　でも何も知らない第三者のくせに人様の家族を否定するのは、どう考えたって失礼だ。失礼を承知で、昔の使者の肩を持ってしまった。俺が「ごめん」と謝ると、使者はしばらく唇を噛みしめてから「……いえ」と首を横に振った。それから寂しそうに目を伏せる。

　しかし目を伏せたのは一瞬で、すぐに彼女は凛とした眼差しを周囲に投げた。

「ところで、小織ちゃんの示した病院はこの先ですか？」

「うん？　そうだと思うけど、どうかしたか？」

「何となく、さっきの神社と同じような雰囲気になってきたので」

病院へと続く大通りに出ると、途端に使者が顔をしかめた。

「――……何ですか、あれ」

俺の手のひらが軽く叩かれる。眼前の世界が一変した。

使者が戸惑った理由が、視線の先に立っていた。薄暗い街灯の下で頼りない足取りで揺れていたのは、赤い服を着た女だった。

いや、違う。

白いワンピースが濡れている。

じっとりと血で湿ったワンピースを着た女性は、乱れた長髪の奥からじっと俺たちを見据えていた。腕には何か小さなものを抱えている。赤黒い血潮は脚にまで伝っていた。

「もうここは、小織ちゃんの組んだ『異世界』の中なのですね」

異世界の住人であるはずの使者が、敢えてこの場所を『異世界』と呼んだ。

使者がローファーに包まれたつま先で一歩を踏む。その足裏に、全く同じサイズの革靴の影が映った。

『ようこそ、再構築（リライト）されゆく世界へ』

カツン、と。

爪先に触れた感触は、ガラスのタイルを踏むかのように無機質だった。コンクリートの地面や縁石、路面と接するブロック塀など――こちらの世界の地面から三分の一ほどの景色が、摺（す）りガラスのように透けてその下を半透明に映し出している。

鏡映しのような真下の世界では、使者の立っている場所に学ラン姿の兄が立っていた。

夜の帳（とばり）が下りたこちらの世界の町並みの下に広がるのは、極彩色のステンドグラスの天井がまばゆく光る大聖堂。

そんな俺の頭上――夜空を背景にして、ステンドグラスに反射した光の窓のようなものが浮かんでいた。

【ようこそ、ご一同】

窓に浮かんだ文字は、小織の言葉だった。

即座に別色の光の窓が現れて、【一晩に二件ってマジ?】【待ってました!】などといった文字が蜃気楼（しんきろう）のように浮かぶ。

今ここには――架空現実世界（インターネット）と、現実世界と、異世界が三重の構造になって顕現しているのだ。

『ここは第四聖園指定都市〈紅の教会〉だ。教祖と呼ばれる統治者が、女性魔術師を信者として集めた都市だ。潤沢な教会資金を投入した魔術研究が行われており、そのために魔力の譲渡が認められている』

【ここは元々乳児院だった施設だね。十年前から廃業になっていて、地元では廃墟心霊スポットのような扱いになっているよ。今日は地元の大学生たちから、最近この病院の駐車場に異様な姿の女が現れるという情報をもらって調査に来た】

兄の声が耳朶を打ち、氷山の言葉が視界の端を流れる。

『魔力の譲渡が認められているということは、他人の魔術を奪うことすら可能なんだ。俺たちの認識改竄魔法は、本来であれば血縁のある一族しか使用することができない秘匿魔法だ。しかしこの教会内でなら、研究という名目で一時的に魔法の譲渡が可能になる』

【この乳児院は、本来は医療的支援が必要な乳児を療育するための施設だった。しかし、いつしか親元で療育を放棄された乳児を預け入れるための場所として、乳児院の玄関に誰の子とも分からぬ乳児が置き去りにされる事件が増えていったらしい】

二つの世界が、交錯する。

『一時的な魔法の譲渡。葉桜ちゃんが目を付けたのは、そこだ。もちろん葉桜ちゃんの辞書に一時的なんて言葉は無いぜ。一度でも認識改竄魔法が彼女のもとに渡れば、俺たちは未来永劫に認識改竄魔法を奪われたままになる』

【噂によるとその女は、白いワンピースを着ているという。めっちゃ幽霊らしいっしょ？しかもそのワンピースは誰のものかも分からない血で濡れていて、泣きじゃくる赤ちゃんを抱っこしているんだってよ】

遠くから、赤子の泣き声が細く聞こえ始めた。

病院へと続く道に背を向けてこちらをじっと見据えている女は、胸元に丸められた布をしっかりと抱いている。それが泣き声を上げているものの正体なのだろう。

『だから俺たちは、教会と結託して葉桜ちゃんを迎え撃つことにした。二人目の再構築によって、教会という領域の内部に侵入した笈川葉桜を排除するためだけに彼らの魔力は特化される』

【どうやら白い服の女は、自分が子供を捨てることを阻止しようとして近づく人間を襲っているらしい。だから病院に続く道に何度も現れ、その道に現れた人間を無差別に襲う】

『今、世界は再構築された。教会の信者たちの魔力は一時的に無尽蔵となり、教会内に現れた葉桜ちゃんを襲う』

二つの世界は、その瞬間に完全に繋がった。

『ねーぇ処女雪ちゃん、お兄ちゃんからのお願い♡』

甘えた声で、真下の世界に立つ兄は囁いた。

『お兄ちゃんねぇ、優しいから葉桜ちゃんを殺すつもりじゃないの♡』

『生け捕りにしたいだけなの♡』

『ちゃあんと支配者として生きて、俺たちの望み通りに権力を投げ捨てて二人目に明け渡してほしいだけ♡』

『そんで後腐れ無くポイしたいだけなのね♡』

だから――と。

真下の世界で反転した兄は、歪に笑って杖を構える。

『お兄ちゃんと協力して、一緒に葉桜ちゃんを「普通の女の子」に戻してあげよーぜぃ』


「大概にしてくださいよ、お兄さん。葉桜様は元から普通の女の子です」

きっぱりと、使者が言い切った。

「私たち、普通の女の子に負けて都市を奪われたんですよ。それが悔しいからって、現実から目をそらさないでくださいな」

まるで子供の喧嘩のような言葉選びに、兄の言葉が一瞬だけ詰まる。

『……っ、今そういう話してる場合か？　負けたとか悔しいとか、これはそんな低レベルな話じゃないだろ』

「安心してください、ちゃんと低レベルです。私たちは自分たちが利益を得るために、どこにでもいる普通の女の子を拉致して利用しようとした。でもその女の子に実力で負けたと分かるや否や、自分たちの身を守るために今度は夜見小織ちゃんの力を借りようとしている」

使者が嗤う。

「ね？　ちゃんと低レベルでしょ」

「殺すだの生け捕りだの、そんな物騒な言葉でごまかさないでくださいよ。ちゃんと身の丈に合った、低レベルな会話をしなくっちゃダメですよね？」

「そもそも……どうしてこの期に及んで、小織ちゃんを私たちの前に出さないんです？　どうして小織ちゃんを隠したままにしているんですか？」

「ねえ、お兄さん。もしかして――」

使者の静かな微笑が、すうっと溶けるように消えた。

「小織ちゃんが私たちと話すと、何か都合の悪いことでもあるんですか？」

『――【第八】《展開》』

「【聖櫃】より《顕現》」

兄の杖の切っ先が鋭く地面に叩きつけられたのと、使者が空中で右手を固く握りしめたのはほぼ同時だった。半透明のガラス一枚に隔てられた二つの世界で、黒い学生服に身を包んだ兄妹（きょうだい）が銀の片手剣をそれぞれ構える。

『女の子が小賢（こざか）しいこと考えちゃ駄目だろぉ？』

至極楽しそうに、兄は嘯（うそぶ）いた。

『協力しろって言ったけど、実はお前に選択肢など無いんだよ。結局は俺の言うとおりにするしかないんだから、余計なことを考えるのは無駄だもの。無駄なことを考えたって、生きるのが辛（つら）くなるだけじゃんかぁ』

コツン、と俺の足下にガラスを打ったような音が響く。

そこで初めて気がついた。使者の真下に兄の姿が映り込んでいるように、俺の足下には艶（つや）やかなリボンで編み上げられた黒い靴が透けていた。

ああ、そこにいたのか。

『俺たちがいる二つの世界は再構築（リライト）によって完全に過程と結果が繋（つな）がるんだから、そっちも死なないように気をつけて』

レースのスカートの裾が、俺の眼下でふわっと広がる。俺のシルエットを包み込むように、足下から黒が侵食する。

『言ったからね？　殺すんじゃなくって、生け捕りだよ』

白い服の女が、身を翻して俺へと飛びかかる。

それと同時に、ガラス越しの世界で大量の人影が笈川葉桜（おいかわはざくら）に襲いかかった。

「小織ちゃんなら……確かに、そうなんです。小織ちゃんならきっと、異世界の支配者に本気でなりたいと思ってしまう。だからこそ——」

俺に飛びかかってきた女を剣で弾き飛ばし、使者は呻いた。

「小織ちゃんならきっと、私たちの前に直々に現れて宣言するはずなんです。それを阻止するのは何故ですか？　私たちと話すと、何か矛盾が解けてしまうのではありませんか？」

使者は一瞬だけ唇を固く噛みしめて、悲痛な声を絞り出した。

「小織ちゃんが私と同じように、魔法で洗脳されて『支配者になりたい』と思い込まされているわけではないと——……そんなこと、信じられるわけがないんですよ」

小織の自由意志を踏みつけながら、尊重する。

かつて使者は、葉桜が俺を異世界に連れて行こうとしていることを「自由意志を尊重して強制的に」と評した。それとほとんど同じことを、今まさに。

白い服の女が、道端から再びこちらに向かって歩を進めてくる。そんな女に剣を向けている使者の真下で、兄の握りしめた剣は俺の方向へと向いていた。

『初めまして、葉桜ちゃん。お願いだから抵抗しないでね。俺たちは君を弟くんのもとに送り返してあげることのできる救世主だよ。だから俺たちに、抵抗せずに捕まって』

俺は思わず、地面に膝をついた。

「葉桜──」

俺の手がぼやけて映る黒いレースに触れようとした瞬間、黒い編み上げ靴のかかとが持ち上げられて──

激しい破裂音と共に、地面に亀裂が走った。

『っひ──』

亀裂の先で兄の表情が凍てつく。世界の境界線が、葉桜の足蹴一つで割れた。

破裂音が、再び轟く。亀裂が広がる。

『……っ、無駄なことを』

葉桜の姿は、細かい亀裂で完全に見えなくなってしまった。

『ここは二人目の能力によって構成された結界だぞ。そう容易に境界線を壊して、別世界に逃げられるわけが──』

違う。

葉桜の足蹴は、たった二度で止んだ。

彼女は境界線を壊そうとしたわけではない。こちらの世界に逃げようとするなんて、そんなまどろっこしい真似はしない。

葉桜は、俺を見つけたのだ。

地面にしゃがみ込んで境界線に触れようとした俺に気付いて、彼女は子供が凍った水たまりを割るように地面を足蹴にしたのだ。

葉桜は亀裂を走らせて、自分の姿が俺から見えなくなるようにしたかったのだ。

だって葉桜の姿が見えている限り、俺は彼女のことしか見えない。

俺のことをしっかり利用したいから、俺から自分の姿を見えなくした。

ということは——何かしてほしいことがあるのだ。今の葉桜は、俺に。

『お姉さんのこと、私に教えて』

天束涼(あまつかりょう)の声が脳裏に蘇(よみがえ)る。

『何でもいいの。たとえば好きな食べ物とか……嫌いな、食べ物とか』

彼女は、自分を殺そうとした異形である笈川(おいかわ)葉桜と向き合おうとした。

目を上げると、白い服を着た女が手を伸ばせば届く距離まで迫っていた。血に濡(ぬ)れた細い手がゆっくりと俺に伸ばされる。

使者の剣が女の手を叩(たた)き斬ってしまう前に、俺はその濡れた手を掴(つか)んだ。

間近に迫ったからこそ、彼女がしっかりと抱きしめている赤子が包(くる)まれている布が女性物のカーディガンであることに気がついた。

その女はよく見ると顔面にまで血が飛んでいて、唇のあたりに乾いた血の塊がこびりついていた。

　俺はふと気になって――尋ねた。

「寒くないですか？」

　長袖のワンピースにカーディガン。今は夏だが、氷山凍（ひやまいてる）のツイートはあくまでも事例の報告だ。季節の指定まではしていない。

　白い服の女――彼女が怨霊になったのは、もしかして寒い季節なのではないだろうか。

「寒いですよね。だってこんなに血を流しているのに、赤ちゃんが冷えないようにカーディガンで包（くる）んであげてるんだから」

　俺は纏（まと）っていたストールを脱いで、濡（ぬ）れた血で汚れるのも厭（いと）わずに彼女の肩に掛ける。濡れた手を握りしめる。

　これは返り血ではなく、彼女自身の血だ。

　過去に見逃されてしまった未練を拾い上げたくて、俺は懸命にその手を握りしめる。指の腹で何度も手をさすって、こびりついた血を剥（は）がして、冷たい手に体温が戻るように五本の指を握りしめる。

　寒空の下を、たった一枚の防寒着すら我が子に譲って歩いていた人だ。彼女の半身を汚している血はまだ濡れている。ついさっき流れたばかりなのだ。このか細い声で泣く赤子は、一体どこで生んだのだろう。どうして我が子が生まれてすぐに、疲弊した体で乳児院まで歩かなければいけなかったのだろうか。

その怨みの深さは俺には想像することもできない。それでも彼女が異形の化物である理由を剥がすために、冷たい手を握りしめたまま言葉を選ぶ。

「あなたがその子を捨てたかったなら、乳児院に向かっていた俺たちに背中を向けた形で出会うはずだった。でも俺たちは、乳児院から歩いてくるあなたと正面から顔を合わせる形で出会った」

今ここにいる彼女が怨霊であるなら、彼女の行動を決めるのは彼女自身の祈りのはずだ。彼女が死んでも尚、叶えたかったのは――

「子供を捨てに行こうとしていたわけじゃない。乳児院の前で思い直して、自分で育てたくて、赤ちゃんと二人で家に帰ろうとしていたのでは？」

その瞬間、世界が揺れた。

地震のような突き上げる振動に、使者が小さく悲鳴を上げてよろめく。上空に浮かぶ光の〈窓〉も、目の前の町並みも、半透明の真下の世界も――刹那のノイズに輪郭が歪み、ぼやける。ガラスを爪で引っ掻くような音が脳裏に直接響いた。

「だってこれがあなた自身の血なら、唇にまで血がついているのはおかしい」

丁寧に体を拭われた跡のある子供は、それでもまだ生まれたばかりだ。

生まれたばかりの血や体液で濡(ぬ)れていた赤子を抱きしめて、きっとこの女性は——母親は、これから捨てなければならない我が子に口づけしたのではないだろうか。

生まれたばかりの我が子に口づけをして、丁寧に体を拭いて、優しくカーディガンに包(くる)んで抱きしめて、産後の疲弊した体で乳児院まで歩いて——そして。

きっと、それで彼女は死んだ。

だからこそ怨霊になった彼女が、死んでも叶(かな)えたかった願いを見誤ってはいけない。

「やっぱり俺には納得できない。この再構築(リライト)の内容は、明らかに不自然だ」

輪郭がぼやけて解読不能になった氷山凍(ひやまいてる)の〈窓〉を見上げる。さっき氷山は、白い服の女の行動条件を「赤子を捨てようとするのを邪魔する人間を攻撃する」だと定めた。

そんな再構築を更に解釈して——世界の条件を、曲げる。

「俺があなただったら、『捨ててこい』と命じた人間を恨むと思う」

冷たい手は握りしめているうちに、わずかな体温を宿していた。

「あなたは赤子を捨てるのを邪魔する人間を襲うような人間じゃない。だって、本当は赤ちゃんと一緒にいたかったはずなんです。あなたが本当に怨(うら)み殺したかったのは、あなたが血を流しながらその子を生んでいたときに、一緒にいてくれなかった人じゃないんですか？　生まれた子供を育てることを拒絶した人。今ここにいてくれない人」

しっかりと血塗(ちまみ)れの手を握りしめながら、俺は囁(ささや)く。

怨みを代弁する。上書きする。それが見ようによっては卑劣なことだと理解しつつも、それでも彼女の声なき声が打ち消される前に言葉を重ねる。

「そんな奴、生かしておけるわけがない。あなたには、その人を怨む権利がある」

不意に、繋いでいた手が握られた。


「良い子」


柔らかく握った手を口元に寄せ、俺の手の甲に唇が落とされる。

白い服の女が顔を上げる。俺をまっすぐに見上げる瞳は紅みがかった色だった。

俺の手を柔らかく握りしめて微笑んでいたのは、笈川葉桜だった。

「……葉桜様？」

不意に零れた使者の問いかけに、葉桜は微笑を返す。俺の手を握りしめて上下に軽く揺さぶりながら、鼓膜が溶けそうになるほどに優しい声音を紡ぎ出す。

「私は私ではなくて、認識が変わった結果だから」

「は、はい……？」

「ねぇ野分くん、どうして気付けてしまったのかしら？」

葉桜の白い頬が、花咲くように柔らかくほころんだ。

「私、あなたには何も知らない赤ちゃんのままでいてほしいのに」

　俺は答えなかった。

　艶美な弧を描く彼女の唇が、乾いた血で汚れている。葉桜（はざくら）の顔を汚すものが許せなくて、俺はわずかにかがみ込んでその血の跡に唇を押し当てた。

　葉桜の唇にこびりついた血の跡を、ゆっくりと舌でなぞる。

　葉桜は拒絶しなかった。身を震わせて笑いながら、寛大に弟を受け入れる。葉桜の両手をしっかりと握りしめたまま、俺はわずかに鉄の味がする唇の端に舌を這（は）わせる。血の跡が残っていた箇所を一つも見逃さずに、唇を触れさせて、舌で撫（な）でて、一点の曇りもなく綺麗（きれい）な姉の笑顔を求める。

　俺が懸命に葉桜の唇を啄（ついば）んでいると、それを遮る声があった。

『おい、そこにいる貴様は何なんだ！　笈川（おいかわ）葉桜は今ここに……俺の目の前にいるんだぞ!?　どうしてそっちの世界にも、葉桜ちゃんが同時に存在しているんだ！』

「『駄ぁー目』」

　目の前の声と、真下の世界から聞こえる声がリンクする。

「今、野分（のわき）くんが食事中だもの」『喋（しゃべ）っちゃ駄ぁ目』「おいしい？　野分くん」『今、野分くんが私を堪能しているから』「赤ちゃんみたい」『残さず食べてね』

　血の汚れは、全て消えた。

鉄の味が混じった唾液を飲み下して、俺はようやく——尋ねるべきことを口にする。

「どうして葉桜がここに？」

「あなたがこの女の人を私と見なしたのよ」

「……俺が？」

「そう。今ここにいる私は、正しくは『笈川葉桜』自身ではない。今の私は、『違う世界に逃げることができたら死なずに済んだ女』の概念だもの」

くすくすと小鳥の囀りのような笑い声が漏れる。

「今ここにいる『お母さん』がそういうふうに『見えた』のは偉いけど、どうして『あなた』の中で『私』と『可哀そうなお母さん』が『繋がっ』てしまったのかしら。ねぇ『野分くん』、あなた盲目の『まま』で『充分に』可愛『い』のに」

小織が創り出した世界の中では、その空間の中に閉じ込められた人間がどう認識したかによって魔法の条件が変わる。

俺が「白い服の女」の条件を変えた。無差別に人間を襲う怪物ではなく、特定の人間に抱いた怨みを晴らしたい人にしてしまった。

理不尽な扱いをされなければ、怪異になる理由すらなかったような普通の女性に。

そんな「与えられた世界が理不尽だっただけの普通の女性」とは、今の俺にとっては彼女のことなのだ。

絶対的な魔法が支配する世界で、俺が葉桜をどう認識しているかが正しく見えてしまう。

艶美に笑う姉は、怨みを抱く女の体を操って——そっと俺の頬に、手を添えた。

「ずっと可愛い赤ちゃんのままでいてほしいのに、ずいぶん世界が見えるようになってしまったのね」

耳元に寄せられた彼女の指が、軽やかに弾かれる。

姉の可憐な声によって、魔法の条件が再構築される。

「私は『白い服の女』と呼ばれる怨霊。私はこの子を捨てろと命じた父親を怨み殺す」

『私は笈川葉桜。その力を与えた人間を呪う』

亀裂に歪んだ真下の世界で、黒いスカートの裾がふわりと広がったのが見えた。

その優美な波紋の広がりに従って、教会のステンドグラスの天井が勢いよく砕けていった。悲鳴が轟く。色とりどりのガラス片が降り注ぐ世界で、黒いドレスのシルエットだけが楽しげに踊り舞っている。

「あ……」

呆然とした呻き声は、使者のものだった。

「これは……この〈紅の教会〉は、教祖の魔力によって強固な結界が張られています。いかなる外敵にも突破されないように、建物自体が要塞なのです」

その要塞の象徴であるステンドグラスの天井が、あっけなく砕けている。

「結界が壊れているということは、教祖の魔力が奪われたということです」

白い服の女は、自分に力を与えた元凶を特定の対象として攻撃する。

二つの世界が繋がっている。向こうの世界にいる笈川葉桜も、教会の魔力の根源となっている教祖を狙い撃ちするという鏡写しの力を得た。

「とんでもないことを……」

青ざめながら、使者は呟いた。

「葉桜様に、攻撃の手段を与えるなんて」

真下の世界から湧き上がる悲鳴を平然と聞き流しながら、俺の眼前にいる白い服を着た葉桜は悠然と微笑した。

「小鳥さんに私の全部を譲るために、私を生け捕りにしたいの？」

絶句しているのか、真下の世界にいるはずの兄からの返答はない。

しかし返事など待たずに、葉桜は楽しげに呟いた。

「なら小鳥さんが私のお友達になってくれれば、とっても平和じゃないかしら？」

お友達とは、およそ葉桜の口から出るに相応しくない言葉である。

葉桜にとって他人とは自分の望みを叶えるためだけに動くべき道具であり、お友達というのは自分の言いなりに動いて使える道具という意味である。

そのことを俺と同じ速度で察した使者が、悲鳴のような声を上げた。

「葉桜様、やめ――」


「ぴよぴよ」


不意に聞こえた鳴き声は、葉桜の腕の中から聞こえた。

「……あら」

大事に抱きしめていたカーディガンを見下ろして、葉桜は柔らかく頬を緩める。

「そこにいたの？　小鳥さん」

赤子は嬉しそうに手足をばたつかせた。

「そう。お母さんの腕の中が、一番安全な場所だものね」

きゃあ、と喃語が返ってくる。

今はあくまでも『白い服の女』である葉桜は、絶対にその赤子にだけは加害することができない。

「それなら、今夜は大事にしてあげる」

腕の中で赤子の額に口づけを落として、葉桜は上目遣いに俺を見つめた。

「また別の物語で会いましょう?　野分くん」

白い服の女は、次の瞬間には煙のように消えていた。

在りし日の異世界にて②

「おねえさん、わたしのかみもきってください」

その一族の女であることを示す銀髪にハサミを入れた私は、遠い親戚の子供からも珍しがられた。無邪気におねだりしてきた少女は、数ヶ月前まで木の枝を振り回していた『一番』の子だった。

おねえさん、と呼ばれたことに虫唾(むしず)が走る。母親に悲しまれ、父親に「女を捨てた」と吐き捨てられながら髪を切っても、私はまだ「おねえさん」なのか。髪にハサミを入れた程度で女を捨てたと言われる私は、この子には未(いま)だに運命の男性と出会う石を握りしめて頬(ほお)を染める女たちと変わらないように見えるのか。

にこりともしない私に、幼い少女は手に握りしめていたリボンを差し出してきた。彼女の白に近い銀髪とよく映える朱色のリボンだ。

「おかあさんからもらったんです。わたしもかわいくしてください」

私はまだ可愛(かわい)く見えるのだろうか。

まだ変われていないのだろうか。

「おねえさんは、とってもすてきなおねえさんだから。わたしもすてきにして」

ぐっと突き出されたリボンを、私は躊躇しながら受け取る。自分で髪を切り揃えた私のことを、この子は「自分で髪型をアレンジできるオシャレなお姉さん」と認識したらしい。その素直な認知が眩しい。

リボンを握る私の手は、剣術の稽古のため傷だらけになっていた。どんなに男兄弟たちから馬鹿にされても剣にしがみつき、師匠に稽古場から追い出されそうになってもその足に縋り付いていた私だが、どうやら剣の才能は無かったらしい。それとも磨けば光るのだろうか。兄弟子たちのようにいろいろな武器を試して、自分に合った戦い方を探すことができれば秘められた才能を見つけることができるのだろうか。

しかし一方で、勉強は得意だった。男兄弟たちの私物である本を盗み出して隠れて読んだり、家事の手伝いを抜け出して親戚の兄の部屋に近づき、家庭教師が滔々と喋る講義の内容を盗み聞きするのは好きだ。バレたら父親に殴られるけれど、乱雑に殴られることとすら「私は他の女の子たちと違う扱いを受けている」と思えて誇らしい。

そうやって見当違いの誇らしさを大事に抱いて、惨めさを覆い隠して生き延びた。

「おねえさん？　おねがいします、わたしもかわいくしてください」

幼い少女が、私の服の裾を甘えるように引く。

私はその子の傍らにしゃがみ込んで、キラキラ輝くまん丸の瞳に尋ねてみた。

「どうして可愛くなりたいの？」

「だって、そうすればみんなよろこんでくれるから」

純粋な笑顔で投げつけられた返事に、ぐうっと喉の奥が鳴る。こみ上げてきた吐き気を呑み込んで、私はじっと少女を睨み返した。

「……君、これはお母さんからもらったと言いましたね」

敢えて突き放すような丁寧な口調になって、リボンを彼女の眼前で振るう。

「君がほしいと頼んだんですか？」

「ちがいます。くれたんです」

話が通じない。軽く舌を打って、私は少女がさっきから大事そうに抱きしめているお人形を見やった。

「その人形をくださいと、君が頼んだんですか？」

「ちがいます。おとうさんが、くれたんです」

少女はニコニコと笑いながら、嬉しそうに語った。

「わたしがやさしくってすてきなおねえさんになれるように、おにんぎょうさんであそんでおんなのこのおべんきょうをするんです。かみもかわいくするんです。りぼんがにあうおんなのこになるんです、わたし」

何を言っているんだ、この子供は。

目眩がしてくる。無邪気に並べ立てられる言葉が何一つ理解できない。優しくて素敵なか彼女は。

お姉さんになって、リボンが似合う可愛い女の子になった先の未来が描けているのだろう

この子はお友達の中で「一番強い」と褒められたとき、嬉しそうにしていたじゃないか。あんなに誇らしそうに胸を張っていたのに、子供用の剣ではなくリボンと人形を渡されて、この子は悔しくないのだろうか。

プレゼントなのに「何がほしい？」とも聞かれず渡された人形を、それでも大事に抱いている子供が直視できない。

「……おねえさん？」

私は優しくって素敵なお姉さんなどではない。

そして願わくば、君も違う何かになってくれ。

私は手中のリボンを固く握りしめた。この祈りは私のエゴだ。これから私がやろうとしているのは、最低の人間としての振る舞いだ。

それでも、どうしても許せなかった。

絶対にこんなこと間違っていると理解しながら、それでも私は幼い彼女にどうかこれを正しく暴力だと認識してほしかった。

第三章　境界線の向こう側から愛を込めて

白い服の女となった笈川葉桜と邂逅した翌日。

土曜日だというのに相変わらずセーラー服を着ていた使者は、ふと自分の服装を見下ろして不満そうに呟いた。

「……お兄さんのあの格好は、今の私への当てつけではないですか？」

どうやら兄が学ランを着ていたことが気になっているらしい。

セーラー服の妹に併せて学ランを着たことが当てつけになるのかどうかは分からなかったが、使者が嫌悪感を抱いたならきっとその感覚が正しいのだろう。

だから、俺は使者を休日の街へと連れ出した。


「こ、これ……本当に私が選ぶんですか？　本当に？」

使者を連れてきたのはショッピングモールだった。

様々なスタイルのアパレルショップが並んでいるから、きっと異世界人の使者の好みにも合った服があるのではないかと思ったのだが、選択肢の多さがかえって使者を惑わせているらしい。彼女は銀髪をそっと耳にかき上げながら、おずおずと俺を見上げる。

「と、というか……私はお金も持ってないのですが……」

「資金提供はするからお気になさらず」

「野分くんって、どこからそんなお金が湧いてくるんです!?　全身のコーディネート揃えようとしたら、かなりの額になりませんか!?　なりますよねこっちの世界でも!?」

「いいんだよ。異世界から葉桜を連れ戻したら、ちゃんと請求するから」

「お、おわ……ど、どんな服を選んだらいいと思います？　今、私が着ている制服と同じくらいちゃんとこちらの世界に溶け込めるような、不自然ではない服はどれですか？」

「不自然ではない服じゃなくて、使者が好きな服を買うといいよ」

使者はわずかに目を見開いた。

そんな彼女に対して、俺は「というか」とずっと前から思っていたことを指摘する。

「そのセーラー服は、別にこちらの世界に溶け込んではいない」

「……じゃあどうして葉桜様は、この服を私に着せたのですか？」

「葉桜の趣味。世界で一番愛されている俺が言うんだから間違いない」

しばし呆然としていた使者は、やがて短く嘆息する。

「だったら、別に私も好きにするべきですね。他の人は私で好きにしていたのだから」

そこから使者は、吹っ切れたようにショッピングモールをぐんぐん一人で歩き始めた。

使者はどうもフェミニンなスタイルのショップには惹かれないようだった。彼女が足を止めるのは、レザーやジーンズ生地の服ばかり展示されている大人っぽい雰囲気のショップばかりだ。

「ZARAとか好きなんだろうな、使者は……」

「ざら？　なんです、それ」

「今俺が着ている服と真逆な感じの服がいっぱい売ってる店」

「ああ、それは好きかもです」

　そんな格好の俺が、使者にくっついて「真逆な感じの店」にいると少々目立つ。使者が明らかに俺の好みではないレザーのジャケットなどを見ていると、店員さんたちがちらちらと注目し始める。連れの格好のせいで場違いだと思われていたら嫌だなぁと思ったが、どうやら視線の意味はそうではないらしい。

　そのまま着たら素肌が透けてしまいそうなシャツを手に取って、使者が店員さんに「これ、どうやって着るんです？」などと聞いている。丁寧にジャケットとの合わせ方を教えてくれた店員さんは、チラリと俺の方を見て「でも」と遠慮がちにこちらに話しかけてきた。

「カレシさん的には、こういう服は好きですか？　いいと思います？」

　おお、久しぶりにその誤解をされた。

　どうやら店員の視線の意味は、「あの子ずっとカレシの好みとだいぶ違う服を選んでいるけど、いいのだろうか」ということだったらしい。

そっと使者に視線を投げると、彼女は銀髪の頭をぶんぶんと横に振った。どうやら今、彼女は認識改竄魔法を使って事実を捏造しているわけではないらしい。

だとしたら、別に取り繕わずに答えてもいいか。

「……俺がいいと思わなくても、別にこの人から見たこの服の価値は変わらないと思いますんで」

隣にいる使者を「この人」と呼んだ俺に、店員さんが怪訝そうな顔をする。

まさか「使者」と呼ぶわけにもいかないのだが、「彼女」と呼ぶのは誤解に便乗しているようで申し訳ないし「こいつ」と呼ぶのは論外だから、必然的に一番違和感のある呼び方になってしまった。

店員さんがいなくなってから、使者はおもむろに俺の腰に拳を押し当てた。痛い。

「さっきの答え方、感じ悪く思われますよ。恋人の服装に興味がない嫌な男に見えます」

「恋人の服装にごちゃごちゃ口出す男の方が感じ悪いと思うけど……」

「葉桜様の服装にも興味ないままでいられます？」

「葉桜の服には尚更俺は口出ししないし、興味あるとかないとか別にそういう話じゃないだろさっきのは」

使者がまるでそのことを不義理のように語っているのが納得いかず、俺は言い返す。

「たとえば使者は、俺が……いや、恋人とか家族とかが『その服はやめた方がいい』って言ったら自分が気に入っている服でも着るのをやめるのか？　そんなことしてたら、そのうち恋人に髪を切った方がいいって言われたら切るのが当然だと思うようになるよ。そんなの変だろ」

「切りますよ、私」

「は？」

「切る人間なんです、私」

使者が固く握りしめた拳が、今度は俺の肩に届く。

翠色の瞳はまっすぐ俺を見据えていた。真剣な表情のまま、使者は滔々と言葉を続ける。

「家族や恋人に髪を切れと言われたら切るし、伸ばせと言われたら伸ばします。他人に、この服を着ろと言われたら従います。野分くんが変だと思っていること、私からしたら当然のことなんです」

もしかして今、俺は彼女の家族を侮辱してしまったのだろうか。

迂闊な自分の発言を謝ろうとしたら、それよりも早く使者が手の平で俺の口を塞いだ。

「だから私、こちらの世界で初めて『スマホ』を見たときよりも、今こうやって野分くんと服を選びながら話している時間の方が、よっぽど異世界に来た気分になってるんです。野分くん、あなたがいる世界は私にとって羨ましいくらいに『異世界』です」

小さく首をかしげて、使者は呟く。

「だからやっぱり——私だけではあなたとの共通言語が少なすぎるから、他の人の力を借りなければならないですね」

誰の力を借りるのかとは言わず、使者は少しだけ寂しそうに微笑みながら俺の口元から手を離す。

「行きましょう、野分くん。だんだん私、自分の好きな服が分かってきました」

「………」

それは良かった、とは言えなかった。何となく。

一瞬だけ寂しそうな顔をした使者を追いかけて、俺はわずかな躊躇も見せないように努めながら、なるべく自然に使者の手を掴む。

何も言わずに手を繋いできた俺に対して、彼女もまた何も言葉は出さなかった。見ている世界が違っても、共通言語が少なくても、それでも自然に手が繋げる。そこには恋愛感情のようなときめきもくすぐったさもなくて、ただ寂しがる相手に寄り添うためだけに触れることができる。

それだけで俺と使者が生きる「世界」の境界線は薄れるような気がして、俺たちはしばらく無言で指先だけを繋げていた。

二時間以上かけて使者が選んだのは、ラメの入ったノースリーブのサマーニットに黒い革スカートという人人びたファッションだった。強気な服装のせいか非現実めいた銀髪が全く気にならなくて、頭のてっぺんから指先まで彼女の意図的なコーディネートであるかのようにまとまっている。

うまい服選びをしたなぁ、と思っていると、使者は「寄りたいところがあります」と言い出した。こちらの世界に詳しくないはずの使者の寄りたい場所？と不思議になりながら、彼女が迷いなく歩き出すのを追いかける。

使者がやってきたのは、駅前のビルの中にある喫茶店だった。

レトロな雰囲気の制服に身を包んだ店員さんが、「こちらにどうぞー」と俺たちをステンドグラスの窓際の席に誘う。

「どうして、ここに？」

使者は答えずに、店内をぐるりと見回してわずかに眉を寄せた。誰かを探しているようだった。

翠色(みどり)の瞳が店の中をくまなく探し、それから諦めたようにテーブルに置かれていたメニューへと視線が落とされる。可愛(かわい)らしいケーキの写真が添えられたメニューを見て、すぐに彼女の頬(ほお)は緩んだ。

「ケーキセットにはどうしてケーキが一つしか付かないんです？」

「そういう疑問は初めて聞いた……」

「一個より二個の方が、二個より三個の方がお得です」

「三個で悩んでるの？　どれとどれ」

「これとこれとこれ」

「四個に増えてるじゃん」

　使者はふんっと小さく鼻を鳴らして、肩にかかった銀髪をさらりと払いのける。

　ケーキセットを待っている間は鋭い目つきで店内を眺めていた使者だったが、注文が届いてから急に「ほぁ……」と柔らかく瞳が蕩(とろ)けて、それからフルスロットルで異世界の話が始まった。

「私の武器庫は、支配者の【聖櫃(せいひつ)】です。有り体に言えば私自身の魔法ではなく、〈ストレイド魔術学院〉の前統治者が開発した都市の支配者という肩書きを持つ者に対して自動的に発動する特定固有魔術(システム)です」

　ペラペラと語りながら、使者はケーキセットのクリームミルフィーユを器用にフォークで崩す。半分こにしたミルフィーユを俺の皿に移し、代わりに俺の皿から半分に切り分けられたチョコレートケーキをひょいっと自分の皿に移した。

「使用する魔術師の技量に左右されず、条件が揃(そろ)えば自動的に発動する特定固有魔術(システム)だからこそ、魔力を一切認識しない葉桜(はざくら)様にも支配者特権として使用することができました」

「そういえば夏祭りの日、葉桜が空から武器を降らせてたよな。そのときに使者も一緒に落ちてきたけど、あれもせ……【聖櫃】の効果？　なのか？」

「効果といいますか、まぁ葉桜様は支配者なのでいつでも【聖櫃】の中身を取り出せるので。普通は支配者が宝具や特殊魔法を占有するために使うのですが、葉桜様は私を道具として【聖櫃】に入れて人権を奪うために使っていました」

「俺と代われ……」

「台詞（せりふ）と心の声、入れ替わってません？　それは心の中だけにとどめておいた方がいい相槌（あいづち）では？」

「好きな人に人権を明け渡したいよぉ……」

「野分（のわき）くんって、本当に葉桜様にとってオートクチュールの運命の人ですよね。どうしてそんな悲惨な需要と供給が一致するんです？」

「全てを差し出しても構わないから俺も【聖櫃】に入れないだろうか」

「駄目だもう会話にならない。スルーしますからね、野分くん。とにかく私は【聖櫃】の内側にいる存在なので、【聖櫃】に保管されている支配者の宝具にも魔法にも手を出し放題なわけです」

「手を出すとか言うな！　俺が言葉の綾（あや）に捕らわれておかしくなるから」

「野分くんが自分で言うの、説得力がすごいです」

ステンドグラスの窓から差し込む日差しが、銀髪を極彩色に染めていた。表情がほとんど変わらない彼女は、それでも多彩な感情を内側に抱いている。そのことを思い出させるかのように、日差しが煌めく。

「今まで葉桜様は魔力を持たなかったから、【聖櫃】には私が使える武器しか入れていませんでした。しかし、昨日の小織ちゃんの再構築によって、葉桜様が『元凶となった特定の存在に執着して攻撃する』という特殊な力を得ました。その力は支配者の魔力として、【聖櫃】の中に保管されたのです」

「【聖櫃】の中にあるってことは、使者が手を出し放題な？」

「その通りです。今の私は、葉桜様が得た特殊な力を……完璧にではありませんが、使うことができるのです」

元凶となった特定の存在に、執着して攻撃する。

「元凶に該当する存在は、白い服の女の場合は自分を追い詰めた異性であり、〈紅の教会〉の場合は魔力供給の根源である教祖でした」

宝石のような色の瞳が、不意に横を向く。光の加減で煌めいた翠色は、澄んだ色の中に間違いなく強い感情を宿していた。

「そして私たちが今いる世界の場合、一番元凶に近い存在はこの人なのです。葉桜様にとって、野分くんを追い詰めた元凶の代名詞ですもの。この人は」

「何でここにいるわけ!?」

クラシカルなカフェの制服に身を包んだ天束涼（あまつかりょう）が、素っ頓狂な悲鳴を上げた。おそらく他のテーブルに残された皿を下げに来たのだろう。銀色のプレートを腕に抱いて、突如として目に入った俺たちの姿に呆気（あっけ）にとられている。

「こんにちは、涼さん。ストーカーのような真似（まね）をしてしまってすみません」

「使者ちゃんのその格好、何!?　可愛（かわい）いな！」

どうして自分の居場所が分かったのかと問うよりも先に、使者の服装を反射で褒めるあたりが天束らしい。案の定、使者の無表情がパッと喜色に染まった。

「兄に服装を真似されたことに苛（いら）ついていたら、野分くんが資金提供してくれまして……駅前で揃（そろ）えました、さっき……」

「自分で選んだの？」

「は、はい」

一瞬だけ、使者の声音に緊張が走る。しかし天束は間髪入れずに破顔した。

「いいね。自分で選ぶの最高じゃんか」

おそらく「良い服を選べたね」と言われるかどうか不安だっただろう使者は、予想外の肯定に頬（ほお）を紅潮させて無言で何度も頷（うなず）いた。おそらく使者自身も気付かなかったであろう『一番ほしい一言』を、天束は瞬時に判断して的確に言葉を選ぶ。

「で、どうして私のバイト先が分かったの？　夏休み中の短期バイトのつもりで最近始めたもんだから、めっちゃ仲良い友達くらいにしか言ってなかったのに」

「え、えぇとですね……」

使者がわずかに赤くなった頬をパタパタと扇ぎながら、さっき俺にした説明をわずかに噛み砕いて繰り返す。元凶のくだりで天束の表情が少し曇ったが、語る使者の方も緊張感を滲ませて喋っていた。

無意識に使者が喜ぶ言葉を選んだ天束とは逆に、おそらく使者は今あえて天束の地雷を踏むために言葉を並べている。俺が踏めない地雷を、順番に、意図的に踏んでいる。

「……そう」

一通りの説明を聞いた天束は、困ったように笑った。

「どうしてその流れで、私を探したの？　というかごめん、バイト中だから仕事に戻らなくっちゃ――」

「ねえ、涼さん」

使者が全身全霊で溢れさせている緊張感が、その瞬間に最高潮に達したのが分かった。

無表情のまま、誰よりも露骨に感情を溢れさせる使者が――思いっきり、踏んだ。

「どうして、こんなお仕事してるんですか？　涼さんはとても可愛いんですから、接客のお仕事なんて向いてませんよ。こんな可愛い制服を着て、変なお客さんに目を付けられても文句言えないじゃないですか。だって涼さん、美人なんですから」

「人の見た目と仕事内容は関係ない。たとえ褒めているつもりだとしても、他人の容姿に口を出すのは最悪の無礼。私が他人にセクハラされたとしても、それは私が美人で可愛い服を着ているせいではないし、それを理由に文句が言えないなんてあり得ない」

使者が放った暴力が、全て受け止めて仕分けられた。

一触即発の空気が流れたのは、ほんの一瞬だった。

「……ごめんなさい」

きっぱりと謝ってから、使者は苦いものがこみ上げてきたのをこらえるように固く唇を噛みしめた。熱を帯びた視線が、まっすぐに天束を見据える。

「やっぱり涼さんは、そちらの世界に生きている人ですよね。私、涼さんたちの目がほしい。でも持ってないんです」

「…………」

天束が小さく息を呑む。意図的に並べた先刻の攻撃よりも、おそらくその言葉は天束の胸を抉った。

「涼さん、お願いです。協力してください。助けてください。あなたの目をフィルターにしないと、見えない世界があるんです。昨日の夜、野分くんが異能の条件を変えたのを見て思ったんです。今回私たちが小織ちゃんと対立するためには、私が野分くんに協力するだけでは不十分なんです。絶対に涼さんが必要なんです」

「……本当にそう？」

天束が真顔で呟いた。

「私が異世界に行きたいと切望しなければ、小織ちゃんはこの現実の生きづらさに気付くことも無かったんじゃないの？」

——私は、当てはめてしまったから。

天束に投げられたその質問の意味を、今更ながら理解してしまった。

「天束——」

それは違う。

だって背中を押したのは俺だから。

しかし俺が言葉を挟もうとする前に、使者が淡々と聞いた。

「じゃあ私は、永遠に何も知らずに騙されていた方が幸せだったでしょうか？」

「…………」

天束が言葉に詰まった。使者が嘆息する。

「私は……あなたたちが私の知らない世界の言語を話すたびに、とっても惨めな気持ちになるけど……本当は何も知らない方が幸せだけど、それだとその幸せを搾取する人の方が幸せじゃないですか」

搾取。

その言葉は、俺も小織に投げつけた刃だ。

「ねぇ涼さん、あなた——私には含みを持たせずに話すんですね」

使者がフォークの先端で、ミルフィーユの層をゆっくりと押し潰す。

「私よりも先に野分くんと話したはずなのに、野分くんは今知ったみたいな反応ばかりしてますが」

ミルフィーユの断面があっけなく崩れた。

「……は？」

いきなり矛先が向いて呆気にとられる俺を無視して、使者はじっと天束を見据えた。

自分を持たざる者と断定しながら、彼女は天束と同じ目線で向き合うことをやめない。

「昨晩、離れた場所にいる涼さんと会話できるあの器具。耳の中に入れるアレ、なんて言うんですか？　ぞわっとするやつ」

「ぞわ……えっと、イヤホン？」

「そのイヤホン、涼さんが野分くんに直接貸したんですよね？　そのときにどんな話をしたのですか？　直接話したはずなのに、どうして野分くんにあなたの気持ちが何も伝わっていないのでしょうか。どうして今この瞬間も、涼さんは私の目ばかり見ているのですか。どうしてでしょうか、涼さん」

「今日の君はペラペラと喋るね、使者ちゃん」

　表情の読めない真顔のまま、天束は銀のプレートを腕の中で抱きしめる。何かをこらえるかのように力を込める。

「私に協力してくれと言いながら、私を追及するのは何故？」

「私にとって涼さんは大事なことを煙に巻くような人ではないし、野分くんも煙に巻かれることを是とする人ではないからです」

　私にとって、という部分をしっかりと強調しながら、使者は目をそらさずに答える。さっき敢えて地雷を踏んだときにはあっさり謝った彼女は、その双眸に絶対に引いてたまるかと言わんばかりの力を込めて天束涼と対峙する。

「私たちと来てください、涼さん」

「……え、待」

　思わず、俺は口を挟んだ。そんなの聞いていないと言おうとして、はたと気が付く。

　そもそも俺は、どうして使者がこの喫茶店に来ようと思ったのか――理由をまだ聞いていなかった。

案の定、突拍子もない頼みに天束も呆気にとられている。

「いや、でも今バイト中だし――」

「今すぐ具合が悪くなってください。私たちと来るんです」

「いやいや待って待って!?　どういうことなの、これ！　もう話が混線しててわけが分かんないよ！」

「いいから来てください。さもなくば私が店内でめちゃくちゃに暴れますよ。私ならこのフォーク一本でこの店を半壊くらいはさせられます」

「カンストした戦闘力を女を脅すために使うな！」

悲鳴を上げつつ、天束は「ま、待ってて。演技してくるから」と言い捨てて小走りに店の奥へと逃げていった。すごい。ばっちり脅し文句として作用している。

それほど、使者が本気で迫ったのだ。

「ね？　野分くん」

天束が逆らえなかったものに、俺が逆らえるわけもない。

優しく俺の手を掴み、使者は凄みのある微笑を浮かべた。

「逃げちゃ駄目」

あ、ずるい。

絶対にわざとだ。わざと葉桜が使いそうな言葉遣いをしている。

ついさっき俺との共通言語がないことを憂いていた使者は、「笈川葉桜」という俺との数少ない共通言語を使って、葉桜に加虐された経験を生かして、俺の退路を完全に塞いだ。

数分後、天束は私服になって店から出て行った。

俺たちもすぐ会計をして追いかけると、ビルの入り口で待っていた天束が胡乱げな目を向けてくる。

「で？　どこに行きたいわけ、使者ちゃんは」

天束が見慣れた学校の制服姿でいるせいで、使者のレザーファッションの隣に並ぶと今は天束の方が若干幼く見える。

「ぇえと……人目につかないところがいいです、とりあえず」

俺と天束は、思わず同時に息を呑んだ。もしかして殺して解体されんのか？

一巡の末、ネットカフェに行くことになる。「どうせなら三人で学割使いたくない？」という天束の提案で、使者はビルのトイレで再びセーラー服に着替えさせられた。

三人で入るには手狭すぎる防音部屋に入ると、後ろ手に鍵を閉めながら使者が大きく息を吐き出した。

心底、疲れたような溜息だった。

「……キスしただけで気まずくって話せなくなるんですか、男女って」

単純すぎる問いかけは、その場の空気を殺すのに充分だった。

「…………待って」

完全に死んでしまった空気の中で、天束涼が慎重に両手を挙げる。タイムを出す審判のような仕草で。

「誤解しているよ、使者ちゃん。私はキスしたことが恥ずかしくって話せなくなるような可愛らしい女ではない。キスしたから気まずいわけではない」

「黙ってくださいよ、涼さん。あなた充分に可愛いんですから」

「そうじゃないっつってるでしょ、聞けコラ」

まずい。この流れは、天束がエンドレスで泥を被ってしまう。

このまま天束が泥まみれになるくらいなら、空気が読めない男の汚名を被る覚悟で俺が受け答えを代わった方がいいかもしれない。

「なあ使者、天束が言いたいのは――」

「分かってます！　好きな人の前で合意も取らずにキスするのは暴力だって、涼さんなら絶対にそう考えることくらい分かってます！　だって涼さんですもん、さっきの私が放った『可愛い』すら暴力として仕分けできてしまう涼さんですから！」

艶やかな銀髪をぐしゃっと両手で掴んで、使者は喚いた。

「でも、でもー！　嫌なんです、私は！　涼さんが罪悪感を抱いていることも、罪悪感を抱かれている野分くんがこれ以上涼さんを傷つけないように涼さんのペースに合わせて会話していることも、それが別に間違ってないことも分かってるんだけども！　でも、こんなの悔しいんです！　たとえあなたたちが正しくっても、私は縛られたら普通に痛い！」

シート張りの床の上で地団駄を踏みながら、使者はきっぱり断言した。

「だって私たちが重ねてきた言葉も！　会話も！　繋がりも！　たかだか『キス』ごときで崩れるような脆弱なものだったと思うのは癪じゃないですかぁ！」

子供の駄々のような慟哭に、天束がわずかに身を固くした。

「…………う」

普段は雄弁に動く唇が漏らしたのは、小さく漏れた呻き声だけだった。

正しいけど、縛られたら痛い。でも天束涼には「痛い」と呻く権利すらないと、他でもない天束自身が思ってしまっている。

「……だって殴った拳も痛いなんて、そんなの絶対に理不尽じゃん」

ややあって、天束は顔をしかめながら口を開いた。手狭な個室の中で両膝を抱えて座る天束は、小さな子供のようにも見えた。

「……あのね。私に『ぼくの天使。』と最初に名前を付けた子のことを、私は友達だと思ってたんだよ」

天束がハンドバッグからスマホを取り出し、とあるツイッターアカウントを表示させる

　アカウントの名前は、『ぼくの天使。』とあった。

「初めて私が投稿したのは、ツイッターじゃなくて……うーん、笈川くんに言っても分からないかな。一昔前に流行ってた×××っていう中高生向けの動画投稿サイト、知ってる？　そう、やっぱ知らないか。えっとね、今のティックトックみたいな短い動画をアップできるサイトなの。ダンス動画とか演奏動画とか、オタクっぽい子は歌ってみたもアップしてたし、どっかの演劇部がショートコントをアップしてるのもあったし……とにかく、動画に特化した中高生の交流掲示板みたいなやつ」

「……なんか変な大人が集まりそうだな、そのサイト」

「うわー笈川くん鋭いな！　その通りだよ。ちょっと前に児童買春の斡旋してたグループがそのサイトを拠点にして子供に声を掛けまくってたってことが明らかになって、いきなりサービス終了しちゃったんだよ。でも私が中学校の頃はめっちゃ流行っててさ、そのサイト」

　両膝に顎を乗せて、天束はますます身を縮めた。子供みたいという印象を通り越して、無防備な胎児のようにも見える。

　自分で自分を守るような姿勢で、天束はおずおずと語り始めた。

「私は友達に誘われて、そのサイトに登録したの。友達は映画が好きでさ、私を主演にして三十秒くらいのショートムービーを投稿し始めた」

「さ、三十秒？」

「そう。アイドルの個人PVみたいなイメージかな？　私の台詞は三つくらいで、その友達に言われるがままに動いて、いろいろな映画のワンシーンみたいな動画を撮影するの。最初は小説のワンシーンを再現するっていう感じだったんだけど、だんだん彼女のオリジナルになっていった」

友達のことを、不意に天束は「彼女」と呼んだ。脳内に浮かべたその子の姿が、意図せず口から溢れてしまったかのごとく。

「『ぼくの天使。』っていう名前も、断片的な映像に映り込むヒロインたちの総称ってことかなって私は勝手に解釈してた。私たちの動画は結構人気だったんだよ。新作をアップすれば、数時間後にはコメント欄が意味深な台詞やカットの考察で埋め尽くされて、私の友達が作った映像にどんどん新たな解釈が加えられていた」

「なんかそれ、小織が好きそうな感じだな」

「…………」

氷山凍の創作スタイルとどこか似た気配を感じた俺に対して、天束は物言いたげな三白眼を向けた。

「……そうだね、その通り。だから知ってたのかなぁ……」

肯定しながら、なぜか不満そうな天束である。

「でも、そのサイトは別に中高生だけしか入れないようにセキュリティが徹底されているわけじゃない。さっき笈川くんは変な大人が集まりそうって言ったけど、そのときの私はまだ中学生でさ。何なら、今の小織ちゃんと大差ないくらいの子供だったんだよ。というか、顔や性別や年齢を隠すっていう判断をしている分、小織ちゃんの『氷山凍』の方がまだマシな方ですらある」

無断転載って分かる？と天束は俺たちに問うた。

「アップロード者に無許可で別サイトにイラストや動画を転載すること。私の動画は、いつの間にかツイッターに転載されてたの。『××って中高生向けの動画サイト、めちゃくちゃレベル高い女の子がフェチ全開の動画をアップしてて最高』みたいなツイートと一緒に、私たちが撮った最新動画が添付されてて、それが結構拡散されたんだ」

「……フェチ、ですか？」

「そう。私たちが中高生だけの狭い世界でアップしていたときと、全く違う感想が溢れかえったの。『このハンドサインは宇宙と交信している？』という考察は『手つきがエロい』に上書きされて、私が裸足で田んぼのあぜ道を歩いているシーンは『オシャレでエモい』『詩的』から『脚フェチの聖地』『生足助かる』になった」

天束は座ったまま、タイツに包まれた両足をゆっくりと伸ばした。

「でもその頃の私は血の気が多くってさぁ」

「言うじゃんか使者ちゃん。まあそうなんだけど、とにかく友達と作った動画が無断転載されていることにムカついて、『ぼくの天使。』っていうツイッターアカウントを作ってバズってる動画に『私たちが本家です』って引用リプ飛ばしまくったんだよ。そしたら私たちのアカウントに『助かる』のノリで盛り上がってた人たちも流れてきて、友達は今度はツイッターで作品を出し始めた」

「また動画を出したんですか？」

「そうじゃなくて、今度は画像で。でも友達が撮った私の写真は、やっぱりなんか……うーん、ごめん。言葉を選ばずに言うと、謎にエロかったんだよな」

天束らしからぬ、ざっくばらんな一言でまとめられる。

それ以上の言語化を諦めたかのような、呆気なく単純な評価だった。

「たぶん『エモい』を『エロい』と誤読されたんじゃなくて、最初から友達は私のことを『助かる』の方向性で撮ってたんだと思う。その熱を向けられていた私が気付かなかっただけで、今までその子が私に向けていた情感は、周囲の中高生たちの『エモい』で見事に覆い隠されてた。自分たちと同世代の女子に『エロい』『生足で踏まれたい』なんて言わないもんね、みんな」

「でも顔も知らない大人たちは言うもんな」

「そうなんだよ、マジでみんな知らない中学生をエロい目で見ることに躊躇がないんだよね。そういう世界で、奇しくも私の友達の本心は暴かれてしまった。自分の作品に込められた本音が言い当てられるにつれて、友達はだんだん動画も写真も撮れなくなっていった」

天束は苦笑を浮かべたまま、小さく呟く。

「だって私は可愛い動画を撮らせるだけのペットとは違うもん。私には思考があるし、私の視線には意味がある。自分がエロく撮られたことには理由がある、と考えてしまう。きっと私にその理由を暴かれたくなくって、友達は私から離れてしまったんだろうな。今だから分かるけれども」

使者が軽く唇を噛む。咄嗟に溢れそうになった衝動をこらえるかのように。

「だから私は、嫌なの」

苦々しく言い切る。

「世間一般的には愛と呼ばれるものが、愛の名の下に全て許されているのは嫌なの。私のやったことをちゃんと暴力の括りにしていたいの。だから笈川くんに合わせる顔がなかったのね、別に使者ちゃんが言うように照れていたわけでも何でもなくて。以上。それで不快な思いをさせたなら悪かったよ」

これ以上は踏み込んでくれるなよという圧にも近いものを滲ませながら、天束は言葉を切った。

固く唇を握りしめる天束は、まるで自分で自分を乱雑に縛っているようだった。誰よりも鮮やかな彩度で世界を見つめる天束は、きっと暗い景色の中で蠢く影の形も正しく認識できている。

だからこそ、自分だけは例外なんてことはない。

無知だった天束に仄暗い情欲を浴びせていた友達の真意をはっきりと把握して「加害」として仕分けてしまったからには、何も知らない俺を意図的に襲った自分だけが綺麗なままでいることはしないのだろう。

それでも。

「なあ、天束」

もしかして今から俺が言うことは、彼女を突き放すことになるかもしれない。

だから俺は、せめて天束と視線を合わせたまま口を開いた。

「俺は天束涼ではないよ」

ただ当然のことを言っているだけなのに、その一言で俺たちの間に引かれてしまった線はまっすぐ俺の胸を抉った。

俺はお前ではない。嫌いじゃない人間に、そんな事実を突きつけるのは苦しい。

「俺は天束ではないから、天束とは違うんだ。天束がその友達に勝手に欲を向けられていたことと、俺と天束がキスしたことは違うことなんだよ」

当たり前のことのはずなのに、それを伝えるのは果てしなく難しかった。

「俺は俺とキスした天束涼の衝動が、無責任な情欲と同じ括りにまとめられるのは絶対に認めない。だって俺は、天束とは違う人間だから」

「……じゃあ何だと思うの？」

「知らんよ、そんなの。何度でも言うけど俺は天束じゃない」

「馬鹿の一つ覚えみたいなこと言って押し切ろうと思うなよぉ」

天束が呆れたような声を上げた。

俺も理解している。この話はもう二進も三進もいかなくなっている。俺と天束は他人だから、いくら主張し合っても完全に混ざることはない。

天束が嫌だと言い、俺が嫌じゃないと言えば、その議論はもうその時点で終わりにするしかないのだ。

でも、だとしたら——このやるせなさはどうすればいいんだ。

他人だから、一定の距離以上は歩み寄れないのは仕方ない。そう理解している。だけど、それでも歩み寄りたいときはどうすればいい。理解できないからといってお互いを手放すことはしたくないから、俺たちは馬鹿の一つ覚えみたいなことをひたすらに繰り返して、必死で相手に縋り付く。

それしかできないけど、やるしかないから。

「――……はぁ」

不意に溜息が聞こえた。深く息を吐き出したのは使者だった。

彼女は大きな嘆息を吐ききって、乱れた銀髪の奥にある双眸で俺たちを睨んだ。

「私はきっとあなたたちに掛ける言葉を持たないけれど――」

乱暴に払われた銀髪が、薄暗い照明の下で流星群のように煌めいた。

「いいですか。今から私は、暴力の使い手になります」

「……は？」

「涼さんが自分の放った暴力に罪悪感を抱いているなら、野分くんがその罪悪感にどう触れたらいいか迷っているなら、私がその暴力を上書きします。一方的な暴行は犯罪だけど、お互いに殴り合ってたらそれはお互い様じゃないですか」

使者が、おもむろに手を伸ばす。

白い五指が、がしっと天束の肩を掴んだ。

「理解できないなら、私たち一つになるためにぐちゃぐちゃになるしかないんです。戦いましょう、二人とも」

そう言うやいなや、使者は噛みつくように天束にキスをした。

「んんっ、ぅんんん――……んんぅ、ぁ」

暴れる天束を腕の中に抱き込んで、しっかりと押さえ込む。くぐもった声の合間に漏れる水音と、天束が床を叩く音だけが個室に響く。

「んぁ……っ」

使者に唇を解放された天束は、そのままゴンッと勢いよく壁に頭をぶつけてズルズルとその場にうずくまってしまった。整った顔がみるみるうちに朱色に染まり、もつれた舌で使者に対して叫ぶ。

「なにをす……ってか、わ、私……笈川くんに舌までは入れてない！」

「そうだったんですか？　それは失礼」

濡れた唇を手の甲で乱暴に拭って、使者は怜悧なままの瞳をずいっと俺に動かした。

「……ひ」

嫌な予感がする。察した瞬間、俺は逃げようとして扉の取っ手を掴んだ。

しかし、使者の方が早かった。強い力で両肩を押さえられ、体重をかけて柔らかいクッション素材の床に押し倒される。

使者の細い体躯が跨がってきた。羽のように軽そうなくせに、抵抗する人間の押さえつけ方が上手すぎる。俺に一切の抵抗を許さない。

銀髪を片手でまとめ上げて、しっかりと俺の目を見ながら使者が唇を重ねてきた。そして生き物のように蠢く生温い舌が入ってきた。もがく俺を完全に押さえ込みながら、舌を絡めて吸って舐って擦って、酸素が途絶えた俺の全身から力が抜けるまでそれは続いた。

濡れそぼった唇を弧にゆがめて、使者は笑う。

「涼さんとお揃いですねぇ」

な、何が？

酸欠で脳が動かなくなっているのか、呆然としたまま反応ができない。視線を動かすと、使者の手が再び天束の方へと伸びていた。

「殴り返してくださいよ、お願い涼さん」

「…………っぅぅぅうう〰〰〰」

差し出された白い手を、天束が掴んだ。

俺に跨がったままの使者に身を寄せ、その色素の薄い唇をむさぼる。右手は銀髪の後頭部を押さえつけ、左手は何かを探すように床を這っていた。

その左手に触れる。

すると左手は居場所を見つけたように俺の手中に収まり、ぐっと力強く握りしめてきた。使者と繋がりながら、その飴色の瞳が俺を見る。

どうか殴り返せよ、とその目が懇願する。

気付けば、自然と唇を開いていた。俺が誘った。その暴力に関与した。二人の少女が、無防備になった口内に舌を押し込んでくる。

俺たちを縛っていたはずの縄は、定めるべき形を失って空を切る。

あらかじめ世界に用意された色彩がぐちゃぐちゃに混ざって名前を失い、そこから地獄のような再構築が始まった。


十五分ほども三人でめちゃくちゃにキスしまくっていれば、体力なんて完全に尽きる。

狭いネカフェでぐったりと力を失った俺たちは、もうお互いの体が折り重なるのも構わず床に倒れ込んでいた。さっきまで口の中まで食われていたのだ。もう今更、誰かの太腿(ふともも)が誰かの胸に乗っていることが何だというくらい、熱を帯びた空間の中で物理的な接触は心底どうでもいいものになっていた。

俺の腕を抱き枕にしていた使者が、不意に呟(つぶや)いた。

「なんだか、今……こんなことしても私が私のまま何一つ変わらずにいられるというだけで、何かに勝った気分です」

「うっそ、私はびっしょびしょなんだけど」

「び……はい？」

「少数派になっちゃったよぉー、三人組はこれだから嫌なんだぁ。だって笈川(おいかわ)くんは絶対にみじんも濡れてねぇじゃん、使者ちゃん側じゃん」

「ぬ……はい？」

「いや、それは……別に俺は葉桜のことが大好きだけど、葉桜の胸を揉みしだきたいわけではないのだし」

「すごい、笈川くんが胸とか言ってるよ」

「心のドア全開じゃないですか。いつもの頑丈警備っぷりはどうしたんですか。というか野分くんにめちゃくちゃに手を出してしまったのですが、私もう今夜中に葉桜様に千切りにされませんか？　想像も及ばないような最悪の死に方をしそう」

「……いやぁ……？　葉桜は俺が一方的に暴力にさらされたら激怒するだろうけど、これは子犬が噛み合っているような茶番に見えてしまって、むしろめちゃくちゃに笑うんじゃないかな……だって葉桜には、使者は叩けば震えるオモチャにしか見えてないんだし……」

「的確な評価を下さないでください」

「ええ、じゃあ私は？　私は人間に見られてるから千切りにされるの？」

「一緒に人権捨てましょう、涼さん」

「葉桜に人権を明け渡して一緒に幸せになろうな」

「怖いよ二人とも……」

すでにキスという行為は、俺たちの会話を滞らせる力も失って、俺たちの目をそらさせることすらできないものとなっていた。

いきなり一発殴られることは理不尽な暴力だけど、三人まとめて河原でボコボコに殴り合うことは青春にカウントされるんじゃないだろうか。

すでに俺たちの間には暴力も性欲の片鱗も消え失せて、ただ疲労感の漂う達成感のみが残っていた。

「……ああもう、知らない」

吹っ切れたように、天束は呟いた。

「私たちもう、これでいいんだ」

俺も使者も、それに異を唱えることはなかった。

「ねぇ使者ちゃん、私に協力しろと言ったね。君は今、何がしたいのさ」

「…………」

口を開くより先に、使者は天束の手を握り返した。天束の手の甲をなぞりながら、彼女は言葉を探す。

「……私の認識改竄魔法は、同時に異なる命令はできないのです。たとえば私が『私は野分くんの恋人である』と世界に認識させながら、『野分くんと小織ちゃんは兄妹である』という認識改竄を行うことはできません」

「はあ……なるほど？」

「おまけに魔法は魔力の強さによって適用可能範囲が変わりまして……私一人の魔力では

せいぜい関係性の誤認や短時間の意識喪失くらいしかできませんが、たとえば何人もの魔術師の魔力を一人に集約させれば、その一人の命令の適用可能範囲をいくらでも拡大させることができるのです」

「やばい、キスの前に聞けばよかった。頭ふわふわしてると理解できない、これ」

「私の一族が結託している限り、何人でも『笈川葉桜（おいかわはざくら）』や『夜見小織（よみこおり）』を生み出せるということです」

きっぱりと、使者は言い切った。

「私の一族がこちらの世界を侵略しようと目論（もくろ）んでいる限り、たとえその計画が私たちの世界の魔術師たちにバレたとしても、何度でも認識改竄（かいざん）魔法によってリセットすることができます。私たちが結託している限り、『別の世界の存在を隠す』という反則級の認識改竄が行えるので」

この計画は何度でもリスタートできる。

「異世界に行くことに抵抗がない人たちを、何度でも利用することが可能なんです」

笈川葉桜が使い物にならなくても、夜見小織という次の手を調達できたように。

「葉桜様が私に対して『全部ちょうだい』と宣言したとき、気がついたんです。葉桜様は実現不可能なことは口にしません。彼女が私の一族の魔法を奪うと宣言したということは、彼女にはそれができるということなのです」

使者の手が、固く天束の五指を握りしめる。

「葉桜様にできることが、私にできない世界なんて理不尽じゃないですか」

濡れた唇を噛みしめてから、彼女は呟いた。

「私の一族から全部を奪うのは、私であるべきなんです」

使者は身を起こして、天束に覆い被さるように迫った。天束の下にいた俺も一緒に押しつぶされる。

「だから涼さんに協力してほしいんです、私。野分くんがお姉さんと小織ちゃんの二択を迫られたり、私が野分くんのためなら一族に協力するべきだと言いくるめられたり、そんなふうに他人に選ばされるのは窮屈じゃないですか」

使者が、淡々と誘う。

「世界のこと、存分にぐちゃぐちゃにしたいんです。一緒にしませんか？」

天束が、俺と使者の手にそれぞれ力を込めた。

「……うん、したい」

柔らかい握力が、何よりも頼もしく思える。

＊＊＊

ネットカフェから出る前、使者がお手洗いに行ったタイミングで俺は口を開いた。

「ちょっと、相談したいことが」

個室にいるのに更に声を潜めた俺に、天束はパチパチと目を瞬かせた。それくらい使者に聞かせたくない話をするのだということを察してくれたのだろう。「なに」と聞き返す声は、俺のものよりも小さくなっていた。

「天束が使者の服に突っ込んだとき、兄がどうとか言ってただろ」

「え？　ああ、うん。あんま聞いちゃ悪いかなと思ってスルーしちゃった、逆に悪いことしたのかな」

兄に対して『真似された』だの『苛ついた』だの言っていた使者に対しては「聞いちゃ悪いかな」と一切触れない。

そんな天束涼だからこそ、俺は思い切って切り出した。

「そのことなんだけど――」

在りし日の異世界にて③

下手な剣術も不格好な体術も、辛抱強く練習を重ねればなかなか様になってきた。

私が戦闘訓練をさせてもらっているのは、あくまで周囲のお情けによるものだ。だからこそ私は絶対に弱音を吐かず、誰よりも鬼気迫りながら稽古に取り組んだ。

やがて私は、一緒に稽古をしている師匠や兄弟子たちから「お前は女じゃない」と褒められるようになった。

――その気迫がいい。さすがだ、女じゃない。

――格上の相手に食らいつこうとするのがいい。お前、もう女を捨ててるもんな。

そんな言葉に素直に喜ぶようになっていって、そのたびに何か大切なことを忘れていくような感覚になった。本当にこれが私の望んでいた未来だっただろうか。

一方で「一番強い」女の子は、私という前例があったためか稽古場に入ってもそれほど咎(とが)められることはなかった。といっても優しくて素敵なお姉さんになりたがっていた彼女は、遠慮して自分からは男だらけの稽古場に入ろうとしないので、私はいつもその子の腕を引っ張って稽古場の床に転がした。

そして弱い者いじめの要領で、一方的にいたぶってやった。

もちろん、ろくな稽古もしていない子供が敵うわけはないのだが、それでも少女は一方的に与えられる暴力への恐怖か意外と本気で抵抗してきた。私とは善戦だった。それでも周囲の兄弟子たちは、私に投げ飛ばされる少女を笑うことを楽しむばかりで、この子供と私との腕が拮抗していることには気付いていないようだったが。

私は「いろいろな武器でいじめてやりたい」という名目で、その子に様々な武器を与えてみた。次はこれと新たな武器を与えられるたび、まだこの暴行が続くのかとでも言いたげに少女の顔は絶望で歪んだが、実際は私が嘲笑して踏みにじっているから「暴行」に見えているだけだった。だって幼い彼女が反撃してくると、あっという間に戦況は反転するのだ。だからこそ、一方的な暴力に見えるように私はパフォーマンスを磨いた。

どんなに私が圧されていても、私が年端もいかない少女に「処女にしては太刀筋がいい」とか「男を虐めるのが上手そうだ」とか言うだけで、少女は劣勢にあるかのように見えるのだ。

そんなうわべだけのパフォーマンスに男たちが笑い声を上げている一方で、少女の体は乾いた土のようにぐんぐんと与えられる術を吸収していた。

少女を貶めるパフォーマンスが磨かれるたび、自分の中にある境界線のようなものが失われていくような気がした。

自分がどこまで本気か分からなくなっていく。ポンポンと愚弄する言葉が出てくるようになると、それはまるで自分自身の本心から引き出された言葉であるような気がしてきて、もうどこまでが本音でどこまでが建前か分からない。

いや、もう。

私には建前などという言い訳を持つ権利もないのだろうけれど。


だって私は、もうとっくに「素敵なお姉さん」になる気はなくなっている。

女じゃないと褒められて、男社会の仲間に入れてもらえることが嬉しくなっている。

貶められるのが嫌でもがいてきたはずなのに、いつの間にか貶める側になっている。

もう手遅れなのだ、私はきっと。


でも、貶める側の人間になって気付いたこともある。

私が踏みにじっている間は、その子は私にしか踏みにじられない。


それに気付いてからは地獄だった。

私の中に制定されたルールはどう考えても理不尽で、しかし、それに縋ることだけが私に残された道だった。

私だけに踏みにじられろ。私だけを見ていろ。馬鹿みたいな世界になんか目を向けるな。

私以外は何も見るな。私だけが君にとって異質な存在で、その他の人たちはみんな優しいと盲信していろ。

そうやって目を塞いで、私以外の何にも踏みにじられずに生きていろ。

君が自覚する傷は、できる限り最小限であってくれ。

お願いだから。

——それでも。

どうしようもなく手遅れになっているくせに、私は最後の最後で抵抗してしまった。

あの子は私を「すてきなおねえさん」だと言った。

でももう、違うから。

彼女を虐げている私は、彼女に二度とそう呼ばれてはいけない。

第四章　神と生け贄

　俺たちが三人で協力して異世界と対峙することを決めた日から、数日間にわたって氷山凍は淡々と風景写真をアップロードし続けた。

　街中の景色を撮影しただけに見える写真には全て、行方不明者の情報提供願いの張り紙が映り込んでいた。

　行方不明になった人物はそれぞれ異なっていたが、どの張り紙でも捜索されているのは幼い少女だった。

【小学六年生の新島さつきちゃんが――】【二十日十七時に駄菓子屋で目撃されてから、行方が分からず】【服装は青いTシャツにスカート】【黒いロングヘア】【赤いランドセル】【女児向けスニーカー】【セーラー服にローファー】【友達の家から出た直後、姿を消して】【ピンクの自転車】【赤い長靴】

　考察するまでもなく、その張り紙から導き出される都市伝説は明らかである。

　氷山凍が提示した怪異は、「神隠し」だった。

　特定班とかガチ勢とか呼ばれるメンツが、画像内の場所の特定を行った。氷山は基本的に活動場所の情報をただ流しするので、アップロードされてから一時間もかからずに写真の場所は特定された。しかし行方不明者の情報は一切捏造であるようで、今日までにインターネットの観測者たちは『氷山凍が行方不明になった女の子を探す流れ？』『いや、氷山自身が神隠しに遭うんだろ』『氷山が黒幕だったりして』『証拠がない』など、自由に推察を並べていた。

　氷山がアップロードし続ける写真は、日に日にある場所に近づいていた。

　どうやら氷山凍は、行方不明者の張り紙をたどって街の外れにある立ち入り禁止区域の山に向かっていたらしい。

『わざわざ立ち入り禁止区域を選んだってことは、今回は参加型ではないぞって自分のフォロワーたちに念を押してるんだろうな』

『それだけじゃ不十分だろ。それでも追いかけてくる馬鹿はいるよ』

『氷山の動画がきっかけで、立ち入り禁止の場所に入っていく奴がいたらヤバいだろ』

　しかし氷山がアップロードした画像は、そんな不安要素を一切切り捨てるものだった。

『今から行くね。　#宵までの小道』

　氷山がアップロードした画像の山道入り口には、実在しない石造りの鳥居が写り込んでいた。

＊＊＊

「小織ちゃんのネットリテラシー、よく分かんないわー」

山道をスニーカーでざくざくと歩きながら、天束はぼやいた。

申し訳ないことに、立ち入り禁止区域に普通に侵入している『馬鹿』の俺たちである。

「調査レポをスタートする前に明らかに加工されたって分かる画像をアップすることで、この写真はリアルタイムで現場で撮っているわけではなく事前に撮っておいたものですよってアピールになるじゃん。氷山を追いかけてやろうって思ってた人間は出鼻をくじかれるわけで、私から見ると『上手いなぁー』って感じなんだけど、でも意図的じゃなくて偶然できあがっちゃったようにも見えるし、何なんだこの子のアンバランスは」

「そのわりに私たち、誘われてますしね」

スマホは使者に預けていた。ぽんぽんと更新される画像の情報に従って、使者は先頭で俺たちを引っ張るように歩を進める。

画像には、小さな少女の人影が映っている。その人影が向かう方向に、誘われるがままに歩んでいく。

「行方不明の張り紙では、失踪していたのは全て女の子でしたね」

使者は、呟いた。

「そういえば葉桜様も、まだ『女の子』なんですよね」

夜見小織(よみこおり)が手に入れた能力である再構築(リライト)は、こちらの世界の認識によって異世界側の魔法の条件が変わる。

だからこそ今回の都市伝説で論点になるのは、果たして神隠しに遭う被害者は誰なのかという点だった。インターネットでも、『氷山(ひやま)が神隠しに遭った女の子を助ける』『氷山自身が神隠しに遭う』など、様々な憶測が立てられている。

神隠しに遭ったのは誰か。

助けられるべきなのは、誰なのか。

俺がすぐさま葉桜(はざくら)をこちらの世界に連れ戻すためには、俺たちはこの再構築(リライト)の中で笈川(おいかわ)葉桜が神隠しに遭った被害者であると認識しなければならない。

そうすれば何の力も持たない「普通の女の子」として、笈川葉桜は助けられるべき対象として現れる。

しかし、俺たちの心はもう決まっていた。

開けた平地に出ると、そこに浴衣姿の少女がいた。その少女の背後には、苔(こけ)だらけになった小さな祠(ほこら)が立っている。

ぼんやりとした人影でしかなかった少女の姿は、俺たちが歩を進めるにつれてはっきりとした輪郭で形取られていった。

下駄を履いた足が軽やかに踏みならされると、彼女の頭上に光の枠組みが現れた。

『この立ち入り禁止区域には、まことしやかな噂が囁かれている。この祠に祀られている神は、大昔この地域を天災から守っていた存在であると。しかし、願いを叶えるためには犠牲が必要になる』

『犠牲とはすなわち、生け贄のことだった。この地域の人々は、子供たちの中から一人を生け贄に選んで神に捧げてきた。生け贄が人々の代わりに神に願いを届け、自分たちの住んでいる土地を守ってもらうというものだった』

『しかし、いつしか時代が神を殺した』

『生け贄というしきたりは今では影も見ない。神はこの小さな祠に押し込められている。だからこそ、神の怒りを買った』

氷山凍が淡々とアップしていた行方不明の張り紙は、その神が再び生け贄を求め始めた証なのだ。子供たちは神に誘われて、異界へと拐かされている。

『異界に連れて行かれそうになる生け贄を、助けなければならない』

ここは氷山凍が再構築した領域だから、眼前の景色は俺たちの認識によって変わる。

俺たちが笈川葉桜を取り戻すためには、今ここに立っている少女が「笈川葉桜」であると認識しなければならない。神という大きな力に翻弄されて異界に連れて行かれてしまった生け贄こそが葉桜で、葉桜は哀れで助け出されるべき存在だと。

そのことを充分に理解しながら――俺は、少女の名前を呼んだ。

「俺たちと話をしよう、小織」


「……あーあ、そういうところだぜ」

浴衣姿の少女が、振り返る。

夜見小織はショートカットを揺らしながら、呆れた調子で肩をすくめた。

「どうしてこの期に及んで、小織をこっち側に置くんだよぉ」

自ら支配者になりたいと望んだ少女を『生け贄』だと断じて、世界の改革が始まる。


「やっぱ分かんない、おにーちゃんたちの世界の見方」

小織が苦笑しながら、手の中に抱いていた木片を空中に放った。

「なぁんで小織だけが庇護される対象であり続けなきゃなんねーんだよ。小織はどうして、ただただ無敵で生きてちゃ駄目なのさ」

正方形の木片には細かい紋様が刻まれていた。小織が指を弾くと、その紋様が銀色に煌めいて地面に落下する。小織の足下には、木の枝で書き殴ったような不格好な陣円が描かれていた。

落下した木片に刻まれた紋様は、その陣円の欠けていた一部にぴったりと嵌まった。

小織が、心底楽しそうに唱える。

「そんなの、ぜーったいに嫌だもん！　まだ何者でもない小織は、これから何にでもなれる！　神様にだって！」

陣円の中から現れたのは、学ラン姿のシルエットだった。

黒い外套を夜風の中に煌めかせながら、その人物はパチンッと学帽の鍔を弾いた。艶然と小織に笑いかけながら、兄は誘う。

「いいぜぃ、二人目。自由に最強になってくれや」

俺たち三人は、暗闇の中で一瞬だけ目を見合わせた。

氷山凍が『神隠し』を舞台に選んだと分かったときから、やることは決まっていた。小織は自分が神でありたいと願っている。小織が氷山凍の名目で紡ぐ神は、異世界では支配者のことだ。

今このフィールドの中で、俺たちが目の前にいる夜見小織が神様であると認めれば、小織は異世界の支配者になれるほどの力を得るのだ。

だから、俺たちは否定する。

徹底的に小織の願望を否定して、小織を『生け贄を食う神』ではなく『生け贄にされた少女』と認識しなければならない。

「――……ねえ、小織ちゃん」

天束の琥珀色の瞳が、宵闇の中で淫靡に煌めいた。

魔法も武器も持たない彼女は、しかし何より鋭い刃を使いこなす。

絶対に間違えてはいけない一言を選ぶことができるのは、やはり天束涼だ。誰よりも多く傷つく代わりに、誰よりもまっすぐに向けられる凶器と向き合ってきたから。

子供に対して、「洗脳」なんて非現実めいた言葉をかけても意味がない。他人の家族に対する感覚を引き合いには出せない。

天束は、尋ねた。

「小織ちゃんは、無敵になって何がしたいの？」

「ぁえ？」

小織がきょとんと目を丸くする。一瞬だけ子供らしい表情に戻った小織は、パチパチと瞬きをしてから答えた。

「何がしたいってか……やりたいこと、何でもできる小織でいたいじゃん？」

「君が無敵になることで、喜んでくれる人がいるの？」

「よろ……ぇあ……？　喜ぶってか、利害の一致ぃ？」

「へえ、そうなんだ」

小織の願いを、天束涼は歪な笑顔で一刀両断した。

「つまり誰かに『お手』がしたいんだね、君は」

瞬間、小織の頬がサッと怒りの朱色に染まった。かすかに震える小さな手が、眼前にある学ランの黒い外套をくっと握りしめた。

「……おねがい、あいつら全員倒して」

小織の青みがかった双眸が上空を睨みつける。

「小織が神様であると信じて。そうすれば、あんたも特別にしてあげる」

氷山凍の都市伝説を映し出す光の窓に、新たな文字が浮かび上がった。聡明な少女が、瞬時に条件を追加したのだ。

『神は、特殊な力を持った配下を連れている』

兄が勢いよく杖の先端を地面に叩き落とす。銀色の閃光が足下で弾けて、細身の杖は銀のメイスに変化した。

剛直なメイスを片手で振ると、空を切って眩しい粒子が飛び散った。学帽の下から覗く切れ長の瞳が、熱を帯びた光を溢れさせた。

「へえ、いーじゃん！　さっすがだねぇ二人目、俺やっぱ君のことだぁい好き」

大好き、の一言がストレートに投げつけられる。

俺が絶対に容易に使わない言葉を、無防備な小織が全身で浴びた。小織の手から力が抜ける。ひねりのない好意の言葉で、小織の全身が安堵する。

そんな『神の配下』という力を得た兄を一瞥し、使者が右手で空を掴む。光の粒が舞い上がり、すらりと長い片手剣が現れた。

「馬鹿馬鹿しいですね。走らせるためにぶら下げているニンジンは『愛』ですか？」

「若い女の子がそんなに怖い顔するもんじゃないよ、せっかく可愛いんだから」

そうにんまりと笑って、兄が地面を蹴り上げた。「あいつら全員倒して」という神からの願いは、兄にとっては願ったり叶ったりだ。俺たちがいなければ、小織のフィールドに余計な手を加えられることはない。葉桜を普通の女の子に戻したいなんていう建前を纏う必要もなく、ただ小織の力を利用して葉桜を排除すればいい。

兄がまず狙ったのは使者だった。反撃できる人間を潰す。

振り上げられたメイスの軌道を目で追って、使者がわずかに後方に重心を傾ける。使者の顔面を潰そうとしたメイスの先端が、彼女の鼻先をかすめて地面を抉った。

使者の白い指が、軽やかに鳴らされる。

瞬間、地面から鎖が噴水のように湧く。鎖は兄の四肢を捕らえ、拘束した。

鎖に縛り上げられても尚、兄は艶然と笑っている。

「あは、俺は神の眷属よ？　ピュアな女の子の温いＳＭじゃ抜けねーの」

「そう、あなたは神の眷属です」

鎖を千切ろうとする兄を見下ろして、使者はあまりにも当たり前のことを口にした。

「だから特別な力を持っているんです」

『神は、特別な力を持った配下を連れている』

怒れる神こと夜見小織が、兄に対してバフを掛けるために追加した都市伝説の詳細。

「あなたにとっての『特別な力』には、私たちの一族が持つギフト——認識改竄魔法も含まれていますよね」

使者は、目を細めた。

「さあ、世界を再構築しましょう。お兄さん」

【夜見小織は、認識改竄魔法を持った魔術師と共に行動している】

俺たちの目的は、最初からその情報を再構築の領域に入れることだった。

「私の役割は、あなたがこの再構築の領域から逃げないように邪魔するだけです」

兄の体と繋がる鎖を強く引きながら、使者は言い切った。

「私よりも先に、あの二人を狙うべきでしたね」

認識改竄魔法は、同時に複数は発動できない。

それは使者がネットカフェで話した、異世界における魔法の条件の一つだ。

例えば俺の恋人を騙りながら、同時に俺と小織を兄妹だと周知させることはできない。

一人の魔術師によって魔法で変えられる認識は、一度につき一つ限り。

では——神の眷属（使者の兄）が持つ特別な力（認識改竄魔法）は、どこに発動しているのか。

天束涼（あまつかりょう）が、一歩前進した。

「ごめんね、小織ちゃん。私が悪いお手本を見せちゃったもんね」

全身に警戒心をいっぱいに纏（まと）わせた小織が、臆するように天束を見上げる。小織は以前、天束に現実世界で『ファミレスの席順』という未知の殴られ方をして完敗した。おまけに先刻も、自分の希望を『お手』と一蹴されている。

天束が放つ言葉という武器の攻撃力を、小織は身をもって知っている。自分がそれに勝てないことも理解している。

だから異世界の魔術師の外套（がいとう）は躊躇（ちゅうちょ）なく掴（つか）むくせに、眼前の天束の一言は怖いのだ。

「そう、小織ちゃんはなーんにも悪くないの」

天束が滲（にじ）ませる優しい声音は、どんな魔物の脅し文句よりも小織にとって脅威だ。

他人に無自覚に踏みつけられる痛みを誰よりも知っている天束涼は、だからこそ他人を意図的に踏むことができるから。

「だって小織ちゃんは、魔法にかかっただけなんだもの。使者ちゃんが心配してた通り、小織ちゃんはこの魔法使いさんに魔法で騙（だま）されてしまっただけなんだもの。本当はこちらの世界に帰りたくてたまらないのに、助けてほしいのに、魔法で支配者になりたいって思わされているだけなんでしょう？　ね、大丈夫。だから君は悪くない」

自分の両足だけを支えにして、たった一人で夜の街を歩いてきた子供に対して、天束(あまつか)涼(りょう)はあっさりと言い放つ。

「何一つ、君のせいじゃない。君に責任などない」

徹底的に、夜見小織(よみこおり)を一人前の人間として認めない。

その言葉がどれほど小織に恐怖を与えるか自覚しながら、それでも天束は優しく笑った。

「だから大丈夫、小織ちゃん。君は魔法で歪(ゆが)められていて、騙(だま)されていただけなんだから」

「違う！」

追い詰められた表情をした小織が、悲鳴のような叫び声を上げた。

これ以上踏み込まれることの恐怖が故に放った小織の一言は、あまりにも無防備だった。

「小織は認識を歪められているわけじゃない、そんな魔法は存在しない！」

瞬間、兄の表情が凍る。

「やめろ！」

「え、ぁ」

兄の怒声に身を怯(ひる)ませた小織は、それでも即座に口を閉ざした。

「……あら、さすが」

天束が苦笑しながら、片手を手刀の形にして小織に向けた。

「相変わらず聡いねぇ、小織ちゃん」

「……っ、い」

「神様であるはずの君が、眷属の魔法を否定しちゃあいけないもんね。ここは小織ちゃんが再構築する世界なんだから、君が魔法の存在を否定すればここにいる眷属——使者ちゃんのお兄さんは魔力を失う」

小織が再構築する世界の中では、魔法の条件は登場人物の認識によって変化する。

「でも、君は神の眷属に『特別な力を持っ』ているという条件を付与してしまった。使者ちゃんたちが持っている認識改竄魔法を、この都市伝説の舞台に上げてしまった。生け贄を欲している神様の眷属は、どんな力を持っていると便利かなぁ？」

「えあ——」

小織が言い淀んでいるのは、天束が言おうとしていることが分からないからではない。存分に分かっているのだ、小織は。そんな小織に天束は一気に畳みかける。

「そうだよね、小織ちゃん。君が言った眷属の力っていう魔法の中には、『小さい子供を誑かす力』っていうのがあってもいいじゃんか」

「……ぇう」

小織の表情が曇った瞬間、兄が鎖の絡みついた右足を思いっきり振り上げた。足首の鎖が弾け飛び、両手首を捕らえていた鎖をその勢いのままに脚の一閃で断ち切る。

パチンッと使者が指を鳴らす。

ちぎれた鎖が一瞬で消失して、再び新たに湧き上がった鎖が兄の体躯を狙った。しかし兄は、メイスで鎖の拘束を防いで小織に叫ぶ。

「聞かなくていい！　信じろ二人目、お前は何処までも強くなれるんだろうがよ！」

「ああ、もう。完全にそっちが正義の味方だな」

天束が苦いものを無理やり飲み下すような顔で、口元だけを弧にゆがめた。

「でも本当に小織ちゃんを何処までも強い人間だと信じている人が『聞かなくていい』なんて言うかね。何で女の子を強くするために、その子の耳を塞がないといけないんだよ」

唾でも吐き捨てるかのように、天束は呟いた。

「『何も知らない女の子』が何より最強だと思うなよ。私たちは理不尽なもんも汚いもんも全部呑み込んだ上で、それでも強くなれんだよ」

「黙ってろよ、かわいこちゃん」

鋭い破裂音と共に、メイスが鎖を引きちぎった。

銀色の鈍器が、天束の頭上で勢いよく振り上げられた。使者の顔色が変わる。

「涼さん――！」

「何もしないで使者ちゃん」

びくっと肩を跳ねさせた使者は、瞬時に天束涼に従う判断をした。

天束の琥珀色の瞳が、自分の頭部を狙う鈍器はまっすぐに見上げる。鈍器は空を切る音を響かせながら、天束の頬をかすめて彼女の足下に振り落とされた。

「…………」

激しく土埃が舞い立つ中で、天束はただ凛然と立っていた。

地面を大きく凹ませた打撃音に、小織が身をすくませる。しかし小織の瞳はしっかりと開いたまま、天束を潰そうとした兄の姿を見つめた。

兄はあえて、軌道をそらした。

使者が止めに入ることを想定していた一撃は、予想外に誰にも阻止されなかったので兄自身がそらすしかなかったのだ。

「……な、なんで」

「君は私たちを『倒して』と命じたけど、全力で倒すよりも簡単なんだよ。こうやって死なない程度に脅せば、私が怯えて身を引いてくれると思ってる」

「……ねえ、勘弁してよ二人目」

苦笑しながら、兄は肩越しに小織を振り返った。

「俺と君は対等に話し合ったじゃん。君はちゃんと自分で考えて決めたんだよ？　フェアに行こうぜ、こんな君を卑下する言い分には耳を貸すべきじゃないさ」

ごく自然に、甘やかな言葉が並べられる。

「大丈夫だよ、二人目。俺は強いんだから。こんな連中、すーぐ倒せるくらい強いお兄ちゃんなの。俺は。ね？　君には見せてあげたでしょ」

「……え、待て」

兄が並べた言葉の中に、ふと強烈な違和感を見つけて——俺は無意識のうちに、兄が放った台詞の中でどう考えても不自然な部分を自分の口から反芻させていた。

「見せて、あげた、？」

気が付くと、俺は小織のすぐそばにしゃがみ込んでいた。

当惑する小織を下から見上げる形になるように身をかがめて、俺は食い気味に尋ねる。

「本当なのか？　それは」

「な、なにが？」

「今、あの人が言ったこと。小織は見せられたのか？　あの人が、俺たちをすぐ倒せるくらい強いんだという事実を」

「……へぁ」

俺の問いかけの意味が心底理解できないのだろう。間が抜けた声を上げて、小織はぎこちなく首肯した。

「う、うん。確かに使者の兄ちゃんは色んなことができるよ。小織が乗っていた電車の天井を突き破ることも、おっきな魔物っぽいのを出すこともできる。あの杖の模様が仕掛け箱みたいに動いて、たぶん魔法陣みてーなのが——」

「……っ、分かった」

思わず、唇を噛みしめる。咄嗟に喉の奥にこみ上げてきた怒りのような熱が衝動のまま溢れないように、その熱を小織に間違ってもぶつけないように、俺はしばらく押し黙ってから細く息を吐き出した。

あの兄が使う杖の仕組みや、彼の攻撃の種類など心底どうでもいい。

しかし、間違いない。

これこそが、世界を反転させる『条件』だ。

「なあ小織、そのときのことを教えてくれ」

「……やだよ」

俺に見上げられて、小織は拗ねたようにそっぽを向く。

「だっておにーちゃんは、小織のことを対等じゃないっつったじゃんか」

小織が吐き捨てたのは、言い逃れしようのない事実である。

しかし——

「お前ばっかり背伸びさせられてんのが対等ってことなら、俺は小織と対等になんかなりたくないよ」

その瞬間、小織がわずかに目を見開いた。

「小織が本当に自然体のままで無敵でいられるなら、自分だけが背伸びして視線を揃えようと努力する必要もねーだろが。小織だけが子供のままでも、別に世界中の大人を跪かせれば視線は合うんだから」

さっき嚥下したはずの熱が再び喉をせり上がる。その熱をしっかりと噛み砕いて、小織に差し出してもいい温度へと変換してから口に出す。

「頼む、小織。俺に教えてくれ。お前だけが背伸びさせられて、首が痛くなるほどに周囲を見上げさせられてる世界なんて、小織が大事にするほどの価値もない。今お前に背伸びを強いている人間を、お前の眼前に跪かせてやりたいんだ」

「……っ、う」

小織の目が、自分の正面で両膝をついて語る俺を映している。

小織は長くは迷わなかった。

覚悟を決めたように小さく頷いて、自分が異世界に転生したときの様子を語り始める。

小織が話し終わるまで、たいした時間はかからなかった。それほどまでに呆気なく小織は異世界へと飛んだのだ。

彼女だけを乗せていた電車。不思議な駅で降ろされそうになったこと。線路に立っていた兄。破壊された電車の天井に。魔物。

それらの情報を何一つ聞き逃すまいと真剣に相槌を打っていた俺に、使者の兄は呆れたような声を掛けた。

「なぁーにやってんだよ、さっきから。それは俺が二人目をナンパしたときの話だろ？　だとしたら、その話は二人目が自分の意志で異世界に行くことを決めたという証拠になるじゃないか」

足下の地面にメイスの先端を叩きつけて、苛立たしげに吐き捨てる。

「俺は認識改竄魔法で二人目を洗脳してなんかいない。ただ彼女と話しただけだ、そして彼女が自分で決めた」

ああ、そうか。

この期に及んで、まだ気付かないのか。

「じゃあ、どうして駅で乗車しなかった？」

俺がおもむろに放った一言に、兄が目を瞬かせた。投げかけた言葉の意味が分からないとでも言いたげに、ゆっくりと小首をかしげる。

「……はぁ？　なに、それ」

「電車は一度、きさらぎ駅で止まったんだろ」

俺は立ち上がり、兄と視線を正面から合わせる。兄はまだ俺が言いたいことを理解していないらしく、戸惑って眉根を寄せているだけだった。

だから、一気に畳みかけた。

「でもあんたは、そこで乗り込まなかった。わざわざ電車の正面で待ち構えて、小織に轢き殺されそうになってから……電車の天井に跳んで、武器で天井を破った」

「そ、それが何だ！　俺が認識改竄魔法を使わず、二人目と普通に話しただけだという事実は変わらないだろうが！」

「ただ普通に話すだけなら、普通に扉から乗車して小織の正面に座るだけでよかった。天井を破って魔物を出す意味なんて、本来は無いんだよ。どうしてあんたは、わざわざそんな手間をかけたんだ？」

「そんなの知るかよ」

「本当に分からないんだよな、たぶん。自分がやったことの意味が」

だが兄自身が気付けないその理由を、一瞬で見抜いた人間がいる。

天束涼だ。

「さっきあんたは、天束をメイスで殴り殺すことができたのにわざと軌道を反らした。その理由は天束が言い当てた通りだろ？」

『こうやって死なない程度に脅せば、私が怯えて身を引いてくれると思ってる』

あのとき兄は、天束涼を脅して支配しようとしていた。

「それと同じことを、あんたは電車の中で小織に行ったんだ」

俺はきっぱりと断言した。

「あんたは認識改竄魔法で小織を騙さなかった。だからこそ、自分が小織に危害を加えられるということを存分に見せつけて、小織を脅そうとしたんだよ」

論点が反転する。

ずっと「認識改竄魔法を使っていない」ということを訴えていた兄は、あっさりと俺にそれを肯定されてしまい、噛みつく対象を失ったかのようにぽかんとしていた。

俺はそっと、自分の背後に立ち尽くしている夜見小織を仰ぎ見る。小織はぎゅっと小さな両手を握りしめて、まっすぐに俺を見上げている。

小織は何も知らない子供でいるには、あまりにも勘が鋭すぎる。

だからこそ、俺はここから先は何一つ間違えてはいけない。小織はきっと俺が放った言葉を一つ残らず噛み砕いて、解釈して、理解して呑み込んでしまう。

「……いいんだよ、小織」

この期に及んで、きっと小織はまだ自分が無敵であると信じている。

俺はそんな小織(こおり)に「対等」の言葉を掛けなかった。「大好き」の一言だって、俺なら絶対に与えない言葉だ。そんな俺だからこそ、天束涼(あまつかりよう)ですら言えなかった一言を小織に差し出さなければならない。

「魔法で洗脳されてるという仮説が、お前にとって不要なら受け入れなくてもいいんだ」

小織の表情に、わずかな安堵(あんど)が滲(にじ)む。

しかし、この先の道は修羅だ。

「だって俺たちが生きる世界で子供を加害してるのは、魔法も持たない普通の大人たちだから。本来なら、小織のような子供を言いくるめるのに『魔法』なんかいらないんだよ」

自分が放つ言葉を鋭い刃(やいば)と自覚しながら、俺はその刃を慎重に振り上げる。

「神隠しとか生け贄(いけにえ)とか、そんなもん無くても普通にこの世界で子供は消えてる。白い服の幽霊なんて怪談にはならなくても、踏みにじられている女の人はたくさんいる」

小織から目をそらさずに、俺は語る。

異世界の能力で満たされた夢のような領域の中で、淡々とした事実だけを述べる。

「だから本当だったらここにいる異世界の魔術師だって、小織を言いなりにさせようとしたときにわざわざ魔法を使う必要だって無かった」

くしゃっと小織の顔が歪(ゆが)む。俺の言っていることが分からないほど子供ではない。だからこそ刃を全て受け止める。

「でも——」

だからこそ与えられた刃の中から、小織は自分の手に馴染む武器を見つけられる。

そう信じて、俺は立ち尽くしていた兄を手で示した。

「この異世界人は、魔法の力を借りないと夜見小織を言いくるめることはできないと思ったんだよ」

世界を転換する。

「だからわざとらしい魔法による攻撃を、お前に見せた。いいか、小織は認識改竄魔法で騙されていない。しかし小織と対話を始める前に、この異世界人は存分に自分が使える魔法を見せつけた」

小織は真剣な眼差しのまま聞いている。俺の話を咀嚼している。

「本来なら魔法の力なんか借りなくても、大人は子供一人くらい単純に騙せるはずなのに、わざわざ小織は異世界人に天井を破壊させたり魔物を召喚させたりしたんだ。そのくらい手強い相手だと思われてたんだよ、小織は」

小織は手強いと評されても、舞い上がることはなかった。

その瞳の奥に理知的な光を煌めかせて、ツッと兄を見やる。聡明な彼女は、俺から与えられた武器の意味を正しく理解する。

幼い少女の怜悧な瞳が、鋭く兄を射貫いた。自分を異世界の支配者に仕立て上げることを約束して、自分たちは対等であるという甘言を吐いておきながら――出会い頭にすでに対等な会話を諦めて、『魔法の力』という飛び道具に頼って言いなりにさせようとしてきた人間に対して、小織はすっと人差し指を向けた。

「だったらあんた、おかしいじゃんか」

夜見小織の反撃が始まる。

「小織はさっき『小織に認識改竄魔法は使われていない』と言った。神である小織が主張するのだから、それは絶対に真実だ。だが、そうすると不自然なことがある」

与えられた刃の中から、小織は正しい武器を拾い上げた。

「そんなに手強い小織ちゃんを前にして、どうして逆に認識改竄魔法で洗脳しなかったんだ？　最強無敵の小織を言外に脅したり圧をかけたりして言いなりにしようと画策するよりも、本来は一発でサラッと洗脳する方が楽じゃんかよ」

小織の口元に、わずかな笑みが宿った。

小織が洗脳されているかされていないか、本来の論点はそこではないのだ。小織は洗脳を否定して、兄もまた否定した。

「小織が洗脳されていないとしたら、なぜ認識改竄魔法を使わなかった？　小織ちゃんは、あんたの懐に収まるわけも無ぇような無敵で面倒くせぇ奴だぞ」

ちろりと白い歯を覗かせて、小織は悪戯っぽく笑った。

「使わなかったんじゃなくって、使えなかったんじゃねーのかよ？」

認識改竄魔法は、同時に他方には使えない。

兄が手強い相手であるはずの小織に認識改竄魔法を使わなかったのは、別に小織の自立心を信じたわけではない。だったらわざわざ、電車だの影だのといった『暴力』に小織をさらさない。

兄が認識改竄魔法を使えなかったのは、すでに別の場所に認識改竄を行っていたからだ。

「『異世界の人間たちに俺たちの世界の存在を隠す』という認識改竄魔法を使っているのは、あなたではないのか？」

俺が兄に尋ねたのを皮切りに、上空に再び条件が浮かび上がった。

『神の眷属は、神のいる異界の存在をこちらの世界の人々に隠している』

【彼は、異世界の人間たちに現実世界の存在を隠している】

「………違う」

呆然とした兄が、呻き声を漏らした。彼の切れ長の瞳が、使者を睨めつける。

「分かってんだろ、愚妹。こんな大規模な認識改竄魔法を、俺一人が実行できるわけがないだろうが」

「そうでしょうか？　一族の魔力をお兄さんに集めて、お兄さん一人が魔術の発動を行えばいいだけでは？」

使者はしれっとした顔で答えた。「分かってんだろ」と聞かれて堂々と分からないそぶりをするのは、散々彼に「何も知らない女」として言外に見下されてきたことへの仕返しだろうか。

「それに万が一にも我々一族の計画を外部に知られたとき、一番狙われるのは認識改竄魔法の発動者です。何人かが危険な発動者の役割を担うより、たった一人に危険な仕事を押しつけてトカゲの尻尾扱いした方がいいですものね」

「ふざけんな！　トカゲの尻尾はテメェだけだろ！」

俺たちの目的は元々、夜見小織の自由意志を否定することではない。

使者の一族の計画を根こそぎ崩壊させることだ。

この再構築の世界の中で、その計画の核を担っているのが兄であるという条件を加えれば、兄を倒すことで「異世界の人間たちに現実世界の存在を隠す」という認識改竄魔法を破って計画を根幹から崩すことができるのだ。

兄が舌打ちと同時にメイスの先端を地面に叩きつけると、すぐにその鈍器は光を纏ってシルエットを変えた。光が晴れたとき、兄が握りしめていたのは鋭い短刀だった。

短刀を握った拳の一撃を、使者が鎖を巻き付けた腕で止める。

「撤回しろ、愚妹。本当はこんなの嘘八百だって知ってんだろうが！」

「駄目ですよ、お兄さん。諦めてください」

使者の脚が、軽やかに跳ねて短刀を弾き飛ばした。

「あなたはもう再構築されてるんです。あなたさえ倒せば異世界にこちらの世界の存在を隠し続けている認識改竄魔法は途絶えて、私たちの一族の計画は破綻するんです」

鎖がパッと光の粒子になって消失する。次の瞬間、使者は右手に剣を握りしめていた。

銀の刃を振り上げながら、使者は呟く。

「全部を背負って、私に全部奪われてください」

激しい一閃が走る。刃の切っ先をかろうじて躱しながら、兄は俺のそばにいる小織に向かって叫んだ。

「おい二人目、いいのか！　こんなの筋書きと違う、眷属の俺が倒されたら君も神様のままじゃいられなくなるだろ！」

「ねえ、天束涼。祀り上げられんのって退屈かもね」

必死な兄の怒号を聞き流しながら、溜息交じりに小織がぼやいた。

なぜか天束が渋い顔をして舌を鳴らす。

「なんで今、それを私に振るのかなぁ」

「さっきまでの仕返しじゃん？　天使だの何だの祀り上げられんのが不満だったあんたに同調してやってんだよ、黙って首を縦に振っとけよ」

「なあ小織、本当は俺に言われるまでもなく『何かがおかしい』って分かってたんじゃないのか？」

天束に突っかかる小織に、俺は尋ねた。小織があまりにもあっさりと、自分に向けられた魔法を暴力と断じる俺の言い分を聞き入れたのが不思議だったから。

俺に促された小織は、ぽかんとしてから「だってさぁ」と肩をすくめる。

「ずっと……これ、天束涼ならなんて言うんだろって思ってたから」

「は？　私？」

「そう。天束涼だったらこれキレてんじゃねーのかなって思うじゃん。天束っていう指針があったから、小織は変だと思うことができたんだろーな」

天束がきょとんと目を丸くした。自分が悪い手本を見せたと思っていた天束涼だったが、小織はそんな天束を道しるべにしていた。

きゅっと唇を噛みしめて、天束涼が頷いた。

「……そっか」

自分が生きづらさを訴えることを、天束は他人に苦しむための方法を教え込むことだと思っていた。

しかし小織は、与えられた現状に唾を吐く天束がいたからこそ、目の前で展開された魔法に目を輝かさず冷静なままでいられることができたのだ。

小織は軽やかに肩をすくめて、言い切った。

「いらねーわ、小織。祀り上げられるだけの神様って立場もいらねーし、だけど生け贄なんて立場にもなってやらねぇ。そうだな。小織は誰かが想像した神になりてぇわけでも、生け贄になりたいわけでもねぇんだわ」

あっけらかんと、小織は笑う。

「小織はただ『氷山凍』になりたかったんだ」

異世界を支配するほどの豪傑な少女だから見誤りそうになるけれど、元々は自分が思い描いた理想の人物になるだけで満足する気質なのだ。この夜見小織という子供は。

こんなふうに簡単に、支配者という立場を――誰かが与えた理想を――不要と切り捨てることができる豪胆さと自由さこそが、小織が誰よりも強くなれるということの証拠だ。

「っ、役に立たねぇ嬢ちゃんどもだな」

小さく吐き捨てて、兄は外套を翻して使者が放つ剣の先から身を躱した。

「……ねえ、愚妹よ。どうして君は何をやっても駄目なのかなぁ。俺は君に協力してほしかっただけなのにさぁ？　君のことを頼りにしてたのに、どーして君は自分の勝手気ままに生きるんだよぉ。大事に可愛がってたつもりだったのに」

使者の持つ剣の切っ先が、兄の学帽を弾き飛ばした。それでも兄は、爽やかに尋ねる。

「自分一人でワガママに生きることに、果たして価値はあるのかよ？」

「ロマンチックなこと言いますね、お兄さん。私に生きる価値なんてないですよ、当たり前じゃないですか。私がいてもいなくても、あなたたちの世界は何も変わらなかったはずなんです」

銀色の剣の切っ先が、鋭く兄の頬をかすめる。短い銀髪が剣をかすめて切られ、夜風と共に舞い散った。

「生きる価値なんてなくていい。私にとって、私が生きることには意味があるから」

彼女はとっくに、他人から見定められて価値を付けられることを放棄していた。

使者の口元が、ほのかに笑った。

「ところでお兄さん、あなたが今ここにいる意味は？」

何故か、その瞬間に兄の瞳が細められた。

まるで眩しいものを見るかのように、鋭い光を帯びていた瞳が柔らかく溶ける。挑発的な笑顔ばかり浮かべていた兄は、その瞬間だけまるで――報われたような顔をしたのだ。

自分を斬りつけようと剣をまっすぐ構える使者を見て、兄は小さく呟いた。

「お前に石を投げつけるためだよ」

使者が鋭く放った剣の一閃が、兄の体躯にぶつかった。

黒い外套に包まれた全身が撥ね飛ばされて、地面に叩きつけられる。強く身を打った兄は、激しく咳き込みながら上半身を起こそうとした。しかし死にかけの虫のように不規則に痙攣する腕がそれを阻む。再び地面に沈み込んで、兄は呻き声を絞り出した。

「石が優しく差し出されるくらいなら、投げつけてやりてぇの。俺は」

使者が訝しげに首をかしげる。そんな彼女を見上げて、兄は瞼を閉じながら吐き捨てた。

「……俺のこの言葉の意味すら分からないままで生きちまえ」

まるで使者が理解できていないと承知の上で告解したかのごとく、その言葉は虚空に投げつけられた。

しかし、その独白が虚空へ捨てられることを拒否する人間がいる。

その言葉が呪いではなく、祈りだと見抜く人間がいる。

天束涼は静かに歩を進めると、気を失ったかのように見えた兄の傍らに膝をついた。「涼さん」と咎める使者の声を聞き流して、彼女はそっとその紅色の唇を兄の耳元へ近づける。

彼女の囁きは、不意に吹いた風に乗って俺の耳朶まで届いた。

「ごめん、一つだけ言わせて。私は笈川くんとは違って良い子じゃないから」

天束涼は怜悧な瞳で兄を見下ろしながら、吐き捨てた。

「あなた、男のフリをするのが下手だよ」

＊＊＊

天束が放った一言は、突風によって木々が揺れた音にかき消された。風に舞い上がった銀髪を押さえていた使者には、その言葉は全く聞こえていなかったらしい。

使者が当惑の眼差しを向ける中、天束の一言をまっすぐに食らった兄はしばらく無表情だった。人を食ったような笑顔がデフォルトだった兄が、ひくっと唇をわななかせる。

「本当に笑っちゃうくらい下手だから、きっと使者ちゃんはそのうち違和感に気が付く。あの子は無知なままで生きていくことをやめたんだから、いつかきっと、あなたの言動の意味を暴く。だから――」

天束は切実に身を震わせながら、兄へと呪いをかけた。

「愚かだと断言して虐げてきた人間にいつか全てが暴かれる日を、せいぜい怯えて待つがいいよ」

「……いやぁ、しくった」

息も絶え絶えなはずなのに、兄はそれでも無理やり軽薄な表情を作る。

「女を知らなそうな弟くんと、まだ小っちゃい子供でしかない二人目は騙せたから、改めてこちらの世界の人間まで認識改竄する必要はないと思ったんだけどな。君みたいな年頃の女の子は騙せなかったか、迂闊だった」

「違う。あなた、もうその時点で間違ってる。笈川くんがあなたを見て、あなたの外見と立ち振る舞いの差異に異を唱えなかったのは、別に女を知らなかったからじゃない」

激しく首を横に振って、天束は叱るような口調で言った。

「失礼だからなの」


『ちょっと、相談したいことが』

ネットカフェで俺が天束に切り出したことが脳裏に蘇る。

『天束が使者の服に突っ込んだとき、兄がどうとか言ってただろ』

自分の一言が誰かにとって地雷なのか、それとも誰かを虐げるための罠なのか分からなくて、だからこそそのときの俺は天束涼の「目」を借りてしまったのだ。

『そのことなんだけど、俺にはその人がどうしても「お兄さん」には見えないんだ』

お兄さんと呼ばれた人物は、すらりとした学ランと外套で体躯のシルエットを隠してはいるものの、外見も声も見た目は女性にしか見えなかった。

それでも使者はためらいなく「お兄さん」と呼んだ。呼び方だけではない。完全に使者は、その人物を男だと思って話しているような印象だった。

今だから、思う。

兄は認識改竄魔法を持っている。

使者は家族に認識改竄魔法をかけられていた。

もしかして兄は——ずっと使者に対して、自分を男と思わせる魔法をかけているのではないか。

使者は認識改竄魔法は同時に発動できないと言った。だからこそずっと使者に自分のことを「お兄さん」だと思わせていた兄は、小織に認識改竄魔法をかけて洗脳することができなかったのではないか、と。

その認識改竄に何の意味があるのか分からない。

しかしネットカフェにいたときの俺は、もしかしてこの齟齬が使者に仕掛けられた罠なのではないかという疑いも捨てられていなかったのだ。

『それ、笈川くんはどうしたの？』

『何も言わなかったし、あっちの一人称と使者の呼び方に従った』

『今こうやって私に罠だったかもしれないって言い出してるのに、どうして使者ちゃんには何も言わなかったの？』

『……それは』

正しいのか正しくないのか、自分でも判断がつかない。

そんな感覚を、言葉にして表出する。

『失礼だと思ったからだよ』

魔法とか異世界とか、そういうフィルターを仲介するから感覚がおかしくなる。

でも俺の目の前にあることは、もっと単純な景色であるはずなのだ。

『誰かが「家族にはこう見られたい」と思って振る舞っている姿を、外見だけで「正しくはこっち」って色分けして……なんか、そうやって本当はこうだろ？って押しつけるようなことを、俺がやるのは違うだろ』

躊躇いがちに言った俺に対して、天束は肩をすくめて苦笑した。

『笈川くんらしい理屈だな』

いいんじゃない？　と軽やかに天束は言い切った。

『それが使者ちゃんを捕らえる罠になりそうになったら、私たちが一緒に戦えばいい。でも本質が見えないうちは、私たちが口を出すことじゃないでしょ』

異世界や魔法を眼前に突きつけられても、天束の感覚は現代を生きる少女のそれのまま変わらない。

だからこそ、その一点がブレない天束は強いのだ。

自分たちが口を出すことではないと語っていた天束は、今こうやって切々と兄に真実を突きつける。

その眼差しはどこまでも真剣だった。

自分から見えた真実を口に出さないのが俺にとっての誠意だとしたら、全てが闇に葬り去られてしまう前に自分だけは真実に触れることが、天束涼にとっての誠意なのだ。

「バレてなかったんじゃない。バレた上で、それを言うのが失礼だからという理屈で流されていただけなの。それに小織ちゃんが違和感を指摘しなかったのは、別にあの子が子供だからじゃない」

天束涼は、何よりも鋭い刃を握りしめて兄の全身を解体する。

「小織ちゃんは、自分のことを『私』とも『僕』とも言わない。小織ちゃんがなりたがっているのは、男でも女でもなくて『氷山凍』という年齢不詳で性別不明のぼんやりとした存在だもの。そんな小織ちゃんにとって、あなたの見た目なんてどうでもいいの」

俺は気付いた上で、それを指摘するのが不躾だと思ったから事実を流していた。

しかし、夜見小織はもっと単純だ。小織が生きている世界は俺よりもっと自由だから、小織にとって女性の体を持ってる人間が「お兄さん」と呼ばれることは、別に違和感でも何でもないのだ。

自ら男性であると称している人間に対して、「でも体は女性では？」という疑問すら持たず、「そうなんだぁ」としか思わない。それが夜見小織が生きている世界だ。

「ね？　あなたが想像していたより、ずっと別世界の理屈でしょ？」

「…………」

「それに私は、あなたの見た目なんか判断材料にしなくても分かる。あなたが使者ちゃんを罵倒しようとするときに使っていた言葉は、本来なら善意から女の子に投げられるものなの」

『若い女の子がそんなに怖い顔するもんじゃないよ、せっかく可愛いんだから』

　きっと天束が指摘しているのは、そこだろう。

　しかし思い返せば、兄の罵倒は初対面のときからあまりにも女子への罵倒として的確すぎた。小織を食べ頃が分からない少女だと評することも、使者に対してやたら「男を知った」ということを強調することも、全て兄はそれが罵倒として心を抉るのだと理解して放っていたかのように思える。

「本来なら善意で向けられるはずの言葉を正しく罵倒だと判断できるのは、その言葉に傷ついたことがある人間だもの」

　天束はそこまで語ると、ふっと固く瞼を閉じた。

「私には石がどうのこうのと言われても、その意味なんて分からない」

　天束涼は、誰かが一人で孤独のまま無双になることを許さない。笈川葉桜という少女が異世界に行った理由を知りたがった彼女は、眼前で倒れている異世界人にきっぱりと言い捨てた。

「でも使者ちゃんは、いつか絶対に気が付く。だから待ってろ」

感情の読めない無表情のままぼんやりと天束を見上げていた兄は、ふっとその翠色に輝く瞳孔を宙に泳がせて呟いた。

「……怖いこと言うなよ」

それが最後の言葉だった。

兄が深い嘆息を漏らすと同時に、その全身は銀色の粒子になって霧散する。

この再構築の世界で行われたことは、全て俺たちが今いる現実世界へと反映される。神の眷属は倒されたのだ。

それを理解しながら、しかし使者は戸惑った瞳を天束に向けた。颪の音に混じって消えてしまった「男のフリ」を聞き逃した彼女にとって、天束の並べ立てた言葉は全て理解不能だったことだろう。

しかし、使者は何も問わなかった。

いつか絶対に気が付く、という天束の言葉を噛みしめるかのように唇をきつく結んで、それから小さく息を吐く。

「……信じていいんですね、涼さん」

「うん、信じて」

天束はしたたかに頷いた。

「君なら、自力で気付く」

使者の一族たちの計画は潰えた。あとは葉桜を取り戻すだけだ。

夜見小織が与えられた支配者という席を放棄し、押しつけられた生け贄という役割も願い下げた。

今この再構築の世界では、「神」と「生け贄」の二つの席が空いている。浴衣姿だった夜見小織は、いつの間にか彼女が行方不明になった日と同じTシャツとショートパンツという格好になっていた。

生け贄が消えた世界では、怒れる神が目を覚ます。

使者の背後で、石造りの祠が勢いよく砕けた。

「へぁ?」

きょとんとした小織を、その瞬間に天束涼がとっさに抱き寄せた。何かが起こる。反射で小織を祠から遠ざけた俺たちを見て、使者が慌てて駆け寄ってきた。

俺たちを守るために祠に背を向けて走り出した使者の背後で、すらりと細い手が伸びる。

その手は柔らかく使者の肩を掴んだ。

それだけで、ガクンッと使者の体幹が後方に引き倒された。

「あ——」

使者が地面に倒れたことで、その後ろにいた人物の姿が露わになる。

夜見小織によって放棄された「神」の席に座ろうとするのは——座れる人間は、彼女しかいない。

「さあ、私に祈りを捧げましょ」

ロングドレスの裾を夜風になびかせながら、笈川葉桜は艶やかな微笑を浮かべた。

羽のように広がる黒いロングヘアが優美に広がる。とん、と踏み出した一歩は体重を感じられないくらいに軽やかで、祈れと言われれば喜んで手を合わせてしまいそうになるくらい説得力がある。

彼女が入り込む隙を作ってしまったのは、俺たちだ。

小織を「神」の座から引きずり下ろした代償として、神様に相応しい彼女が神の座に座るのは必然だ。

だが、そこまでが元々俺たちが考えていた作戦だった。

小織を助け出し、使者の一族の計画を打ち破り、葉桜をこちらの世界に引きずり出す。

全てを手に入れたい葉桜は、生け贄を与えられなかった神様として全てを奪う権利を得る。

神様になった葉桜を、俺が最後に説得して現実世界に戻ってもらう。

そこまでが前もって考えていた計画だった。最後の砦が「弟の説得」なんていうガバガバの計画が受け入れられたのは、ひとえに葉桜がそういう人間だからだ。

俺は、筏川葉桜へと歩み寄る。

葉桜は可憐に微笑んだ。その笑顔を神様みたいと思ってしまう。

地面に倒れ込んでいた使者に手を差し伸べると、使者の冷たい手が力強く俺の手を握り返してきた。そのまま俺の力を借りて起き上がり、使者はぎこちなく笑う。

「お願いしますね、野分くん。この人には私、勝てないから」

ツッと俺から手を離して、使者は俺の代わりに二人を守るため天束と小織のもとへと走った。それを見届けてから、俺は葉桜と向かい合う。

おもむろに、葉桜のレース手袋に包まれた両手が俺の頬に添えられた。

全てを呑み込む紅い瞳が、じっと俺を正面から見据える。

聞かれてもいないうちに、葉桜は柔和に笑って呟いた。

「鑑定してるの」

「だからじっとしててね。棘だらけの優しくない世界を歩いた野分くんが傷ついていないか、ちゃんと見定めたいからしっかり見せて」

「……じゃあ、葉桜は？」

俺の両手が、頰に当てられていた葉桜の手首をそれぞれ掴む。

頰からゆっくりと手を離させて、俺は彼女の片手の人差し指を——レース手袋の先端を、そっと囓った。そのまま口で引っ張って、片方の手袋を柔らかく脱がせてしまう。傷一つない白い手が現れて、眩しく光る。

「野分くん？」

姉の問いかけに答えず、俺は左手の手袋も口でくわえて脱がせた。二つの手袋が地面に落ちる。握ったら崩れてしまいそうな柔らかい両手を、慎重に包み込んで力を込める。

「どこで傷ついたのかな、葉桜は。棘だらけだって知ってるのは、その棘に刺されたからだよな」

白くて綺麗な手だ。どこにも傷なんてない。

もう分からない。俺には鑑定できない。

「葉桜を刺した棘はどこにあるんだろうか。異世界に行ってしまった葉桜を、俺のそばに戻りたいと思わせるのではなく異世界で俺と一緒に生きたいと思わせてしまった棘は、どこに、生えてるんだろ」

俺の様子がおかしいことに、いち早く気がついたのは天束だった。「何してんだ、笈川くん！」という声を上げるが、俺はそちらには一瞥もくれずに葉桜の手を握り続けた。

そう、俺のこの言動は計画にはない。

きっと俺は、後ろにいる天束や使者の気持ちを裏切っている。でも今ここにいる笈川葉桜は、異世界にとどまりたい理由があるのだ。現実世界では生きられない理由がある。

その理由を取り除かない限り、「戻ってこい」と訴えることはできない。

そんなの、葉桜に「もう一度死ねよ」と言っていることと等しいじゃないか。

「俺は葉桜にこっちの世界に戻ってきてほしいんだけど、でも傷ついてほしいわけじゃねえの。なあ葉桜、お前を刺した棘が全部燃やし尽くされた世界なら、戻ってきても異世界と変わらず笑ってくれんのかな」

「野分くん――」

「どうしたら全部燃やせる？　ねえ、教えて」

葉桜の両手をしっかりと握りしめたまま、俺はその場に跪いた。まるでプロポーズの誓いの言葉を述べるかのように頭を垂れて、神に祈りを捧げる。

「お願い、神様。俺の姉が幸せに生きられる世界を――俺に、再構築させてください」

いなくなったのは「神」だけではない。「生け贄」の席も空いている。

そして神は、生け贄の献身を拒絶できない。

「野分く――」

音が急に遠くなる。視界が歪む。

世界が変わり始める。

神は生け贄の願いを受け入れなければならない。生け贄は大事な人を守るために犠牲になるのだ。

たしかに葉桜は、異世界の魔術師たちの陰謀によって拉致されたかもしれない。

でも今、こちらの世界に戻ってこないというのは葉桜の意志だ。意志があるなら、寄り添わなければならない。

どうして戻りたくないの？と聞かなければならない。

でも誰よりも強い俺の姉は、俺の前ではどうしたって最強に振る舞う。弱いところは一切見せず、いつも可憐に優しく微笑んで、巨悪になって世界を蹂躙する。

『女の子って怒っても笑われるし、泣いても笑われるからさ。何かを訴えたいときは『最強』になるしかないんだよね』

天束涼の言葉が頭をよぎる。

じゃあ筊川葉桜は何を訴えたかったんだ。

「お前が巨悪になるしかなかった理由を見せてくれ、葉桜。全部、俺が作り直すから」

視界が白い閃光で染まる中、不意に背中に衝撃が加わった。

「野分くん！」

使者の声だった。葉桜と繋がっていた腕が無理やり引き剥がされ、何か細い糸のようなものを無理やり握らされる。

白に染まった世界でも分かる。

銀色に輝くそれは、彼女の髪だった。

「……待って」

意識を失う寸前に聞いたのは、葉桜の声だった。

「待って、野分くん」

その声はわずかに震えていた。

でも、後戻りできない。

第五章　理想の世界

気がつくと、俺は高速バスの乗り場に立っていた。

「お乗りですよね？」

呆然（ぼうぜん）と立ち尽くしていた俺を、すでに運転席に乗り込もうとしていた運転手が怪訝（けげん）そうに見返す。乗客のチェックはされない。手ぶらの俺は、なぜか怪しまれずにバスの中へと誘導される。

バスに乗り込むと、すでに座席は満席だった。

いや、違う。

一つだけ席は空いている。俺はその空席へと向かう。

空席だと思っていた座席には、小さな猫のぬいぐるみが座らされていた。

「……あら？　ここしか空いてないの？」

猫の隣に座っていた小さな少女が、不意にこちらを見上げた。

「ママは二席を予約したと言っていたけれど」

艶（つや）やかな黒髪を腰まで伸ばした少女は、怪訝そうに呟（つぶや）く。紅（あか）みがかった瞳が淡く光った。

クラシカルなロングワンピースに磨き上げられたローファー、髪を柔らかく押さえる小さなパールの繋がったカチューシャ。

ああ、そうか。

まだ子供だった葉桜を一人旅させた両親は、一応は娘の隣に変な大人が座らないように座席を連番で二つ予約していたのか。

そんなことするくらいなら、そもそもどうして一人でバスになんか乗せたのか。今、目の前にいる彼女が記憶の中にいる姉よりもずっと幼い子供に見えているせいで、俺はそんなことすら考えてしまう。

「どうぞ、座っててちょうだい」

猫のぬいぐるみを膝の上に抱いて、笈川葉桜は可憐に微笑んだ。

「話し相手がいなくて退屈していたところなの」

数十分後に高速バスの事故と共に異世界に転生することになる少女は、無邪気に見知らぬ男を自分の隣に座らせる。

俺が小織の再構築によって飛ばされた地点は、世界が変わる瞬間だった。

与えられたのはきっかけだ。おそらく今ここにいる俺という存在は、この世界に溶け込んではいない。時間が巻き戻ったとしても本来の俺はきっと家で葉桜の帰りを待っている。

今ここにいる葉桜にとって、俺は「見知らぬ他人」でしかない。

「ねぇ、お兄さんは猫さんね」

楽しげに、小さな葉桜は微笑んだ。膝の上にいる猫のぬいぐるみを抱きながら、

「この子の代わりなの」

今ここにいる葉桜は幼い少女だが、見知らぬ他人を自分の隣に座らせたことの危機感に気づけないくらい子供ではない。それでも正しく警戒心を抱けるくらい器用な大人でもないから、目の前にいる俺をぬいぐるみ扱いしようとしている。その扱いを俺に受け入れさせようとしている。

でも葉桜に「お兄さん」と呼ばれるよりは「猫さん」の方がマシなので、俺は首を縦に振る。

「今から、どこ行くんですか？」

俺が敬語で話しかけると、葉桜は少しだけ意外そうな顔をした。しばし紅い瞳をパチパチと瞬かせてから、ぽそりと小声で答える。

「……親戚のお兄さんのところ」

「親戚のお兄さん？」

葉桜は確かに、遠縁の親戚一家に招かれて高速バスでその家に向かった。

でも果たしてそれを「親戚のお兄さんのところ」と言うだろうか。「親戚のところ」ではなく、わざわざ「お兄さん」という要素を付けるのは何故だ。

遠縁の親戚一家……って、誰がいたっけ。記憶をたどろうとすると、俺が思考に沈もうとしたことに目敏く気付いたらしい葉桜がわずかに顔を曇らせた。

ああ、よくない。

絶対に俺の前ではしない顔をさせてしまっている。自分のことを理解してくれない他人の前でしかしない顔を。

言葉を選べ。ここで間違えたら、取り返しがつかない。

今の俺は「弟」という下駄を履いていない状態なのだから、一度でも間違えれば葉桜はもうチャンスをくれない。

葉桜に異世界を選ばせた理由を探す。

葉桜がこの世界に絶望した原因を見つけて、取り除く。そのために俺は今ここにいるのだから。

「俺とお話をしませんか、お嬢さん」

意を決して放った一言は、まるっきり軽薄なナンパ師のような誘い文句で、その誘いを年端もいかない少女にかけている時点で俺はどうしようもなく不審者だ。

それでも葉桜は、そんな俺の誘いにあっさりと乗った。

「いいわ」

「お名前は？」

「私の名前は笈川葉桜」

答えるなよ、馬鹿。

無防備に微笑する幼い姉に苛立ちながら、俺は努めて柔和な笑顔を見せる。幼い子供である笈川葉桜の隙につけ込んで、俺たちは対話を始める。

対話を始めてすぐに、俺は彼女と話す上での越えられない二つの壁にぶち当たった。

一つ目は、葉桜は自分の気持ちを正しく言葉にするにはあまりにも幼すぎたということだ。何人家族かと聞いたときは四本の指を立てて、「パパとママと、可愛い弟」と嬉しそうに答えてくれたが、「家族についてどう思いますか？」と尋ねると「……どう……？」ときょとんとしてしまう。

「パパのことは好きですか？」「好き」「ママのことは好き？」「好き」「弟のことは好き？」「大好き」「パパのどんなところが好き？」「……優しいところ？」「どんなときに優しいと思う？」「……いつも？」

一問一答の質問は軽やかに答えるのに、記述式問題のような問いかけをしたとたんに言い淀む。だだっ広い解答用紙に、苦しみ抜いてぽんっと一言だけ書き込む。そんな感じの話し方をするのだ、今ここにいる葉桜は。

「嫌いなことはある？」「寝ること」「どうして寝ることが嫌いなんですか？」「……分か

らない」「夜が嫌なの？」「そう」「朝は好き？」「たぶん」「起きることは？」「……」「起きることは好き？」「好き」

初対面の人間とスムーズに言葉を交わすことが充分にできない。イエスかノーか、単語での返事かオウム返しか沈黙か。

かつて夜見小織が初対面の俺たちに警戒心も何も見せず、出会い頭にべらべらと自分の言葉をぶつけてきたことを思い出す。初対面の人間に臆さず長々と会話ができるということが、小織の年齢離れした聡明さと無防備さの象徴だった。

しかし今ここにいる葉桜は、ものすごく年相応の子供の話し方をする。

行方不明になったときの姉は、こんなに幼かったのか。

二つ目の壁は、俺が葉桜に「死にたくなったことはあるか」と聞けないことだった。

死にたいほどに辛い出来事はありましたか？

逃げ出したいほどに悲しいことはありましたか？

今、もしかしてこの世界から消えたいですか？

今すぐ「異世界」という選択肢を与えられたら飛びつくほどに、この世界のことが嫌いですか？

俺はどうしても、そういう核心に迫る——聞くべき質問を切り出せないのだ。

そういう質問をすることが手っ取り早いと分かっていても、それを切り出してしまったら葉桜はその辛いことを思い出そうと努力してしまうのではないかと思ってしまって。

辛いことがあったかと聞かれれば、自分の過去の辛いことを遡って考える。

たとえ過去の出来事だとしても、俺は葉桜が死にたいほどに悲しかったことを想起することは嫌だった。その出来事が現在進行形で続いているとしたら、尚更(なおさら)語らせたくない。

笈川(おいかわ)葉桜という人間は、絶対に幸せでいてくれなければ駄目なのだ。

どんなに俺が異世界に行く理由を知りたくても、そのことを葉桜の口から語らせることで葉桜が辛い気持ちを思い出すのは決して許されない。

笈川葉桜という人間は、俺の前では一分一秒たりとて不幸になってはいけない。

だからこそ俺は、この対話で近道をしてはいけないのだ。葉桜に正解を言わせてはいけない。葉桜が与えてくれる会話の断片からピースを集めて、推察して、俺が一人で正解を見つけなければならない。

「好きなものは?」「弟が好き」「……どこが好き?」「可愛(かわい)いところ」「他に好きなものは?」「他のものは好きじゃないもの」「好きな色や好きな服装は?」「それはあるけれど、弟と並べて語るほどじゃない。世界で一番大好きなの」

俺もだよ、葉桜。

「…………はぅ」

話し疲れたらしい葉桜は短く嘆息して、膝の上のぬいぐるみを抱く。フレアスカートが可憐に広がるワンピースは、雪のように真っ白だ。

不意に、俺の口から言葉が溢れた。


「その服、自分で選んだ？」


どうして咄嗟に出てきた一言がそれだったのかは分からない。しかし口に出した瞬間に、目の前の葉桜の格好に強烈な違和感を抱き始めてしまった。

まだ子供だから。まだ幼いから。今の葉桜とは違うから。

そんな先入観でその違和感をずっと閉じ込めていたことに、今更ながら気がつく。そうだ。俺はもっと早く気が付くべきだった。笈川葉桜が異世界を支配する巨悪になってからも、その姿にずっと見惚れていた俺は。

葉桜が纏っているふわふわと愛らしいシルエットのワンピースは、夜空のような黒ではなく新雪のような白だ。艶やかな黒髪はストレートではなく、ふわふわと巻かれて左右に広がっている。丁寧にセットされた巻き毛には豪奢な黒いリボンではなく、繊細なパールのカチューシャが添えられている。

今ここにいる葉桜は、何一つ葉桜自身の趣味ではない。

「……ちがう」

葉桜は短く答えた。

「ちがうの、猫さん」

カフェで天束涼に服を褒められた使者は、服のデザインよりも自分で選んだことを褒められて喜んでいた。

「お兄さんがくれたのよ」

「……お兄さん？」

「お兄さんは私に服をくれるの。だからお家に呼ばれたとき、ママはお兄さんがくれた服を着た方がいいと言うの」

ドレスのようなワンピースは、よく見ると背中にファスナーがあるタイプの誰かに着せてもらわないと着られない服だ。誰かに着せてもらうことを前提とした服。

「待って、それは」

体の芯が冷えるような感覚がして、俺は思わず前のめりになった。

「お兄さんって、これから会いに行く親戚のお兄さんのこと？」

「そう」

「……呼ばれた、って言った？」

「そうなの、猫さん。お兄さんはいつも私一人だけをお家に呼ぶの」

葉桜はまっすぐに俺の目を見上げたまま、淡々と答える。

さっきまでの問答とは打って変わって、流暢(りゅうちょう)に語る。

「この服はね、私の脚が伸びてきたから買ってくれたの。脚が伸びてくると似合うからって。あと私は胸がまだ小さいから、胸元がフリルで立体的になっているデザインを選んでくれたの。そういう理由は私にだけ伝えて、ママには『似合うと思ったから』とだけ伝えて服をくれるの。いつも、たくさんくれる」

「……弟はそれをもらってたっけか」

つい『赤の他人』としての質問ではなく、自分も同じ人物を思い返して独りごちているような聞き方をしてしまった。

「ううん、もらわない」

「だよな、もらわなかったんだ。そんなの俺は記憶に無(ね)ぇもんな」

「……猫さん？」

わずかに訝(いぶか)しげな顔をする葉桜(はざくら)に、俺は「何でもない」と微笑を返す。

しかし、もう分かった。

きっとこれが理由の一つで、パズルの破片だ。

パズルの表面に描かれた絵は、あまりにも断片的すぎて何の図柄が描かれているのかはそれだけではとても言葉には表せない。しかし言いようもない濁った感覚が、ピースを掴(つか)んだ手の平からじわりと全身に染みるように伝わる。

一人だけ呼ばれた他人の家で、親戚のお兄さんから脚が長くて胸がまだ小さいからと言われレースのワンピースを差し出された幼い葉桜のことを考えると、毒を無理やり嚥下させられたかのように呼吸がうまくできなくなる。

そんな服を着せられて、今からその男に会いに行こうとする葉桜にじっと見つめられる。それだけで俺は、両手を固く握りしめずにはいられなくなる。

「今から行く場所に行くのは嫌？」

「……別に？」

きょとんとしたまま、葉桜は小首をかしげる。

「じゃあ、行きたいと思いますか？」

「分からない」

ぼんやりと要領を得ない回答に屈さず、俺は質問を変えてみた。

「じゃあ今から別の場所に行こうって言われたら、そうしたい？」

「……そうね」

窓の外にちらりと視線を投げて、葉桜はぼそりと呟く。

「ここじゃなければ、どこでもいいわ」

「…………」

数分後、少女は異世界へと飛ばされる。

逃げ場のない高速バスに乗りながら、彼女は切実に――ここではない別の場所へと行きたがってしまったのだ。

「……そっか、なるほど」

おそらく葉桜にとって、異世界に行った理由は「分からない」というのが本音なのだろう。しかし言葉でうまく形にすることができなくても、その断片のみ与えられた俺にすら葉桜が語る物語に正体不明の気味の悪さを抱いてしまう。

親戚に服をもらった。実際は、それだけだ。

それなのにじわじわと全身を呑み込む、はっきりと説明できないこの嫌悪感は何だ。

これが理由であるはずなのに――理由を掴んだはずなのに、その要因は握りしめた瞬間に手の中で脆く崩れていくかのようだった。

でも。

それでも理由を掴んでしまった以上、俺はもう退けないじゃないか。

「なぁお嬢さん。どこでもいいなら、俺はあなたにここにいてほしいんだ」

「猫さん？」

手ぶらだったはずの俺は、いつの間にか手中に冷たい重さが顕現していたことに気がついた。

使者は自分の髪一本を俺に握らせた。使者の体は髪の一本まで笈川葉桜に所有権がある。

その髪と共に再構築に呑み込まれた俺は、その体を媒介にして使者の残滓のような力が使用できるのだろう。

「お嬢さん、おままごとは好きですか？」

手の中に現れた鉄の塊を握りしめながら、俺は尋ねた。

さっきまでの対話と繋がっているような「好き」「嫌い」の話題だったので、葉桜はパチパチと目を瞬かせながら、すぐに小さく首を縦に振る。

「……ええ、好き」

だよな、知ってるよ。

俺はわずかに身を乗り出して、葉桜を誘う。

「じゃあ一緒に遊んでくれませんか？　ママ役になってお人形さんたちのためにご飯を作るのも楽しいけど、別の世界も楽しいと思うから」

子供時代、葉桜が俺以外の玩具で遊ぶのが嫌だった。俺よりもお気に入りだと思えるものが、葉桜の世界に現れるのが耐えられなかった。

だから俺はいつも必死になって葉桜を誘った。葉桜が人形で遊ぶのもパズルで遊ぶのも母親のメイク道具で遊ぶのも嫌で、俺は昔から懸命に葉桜の袖を引いていた。

「あら、猫さんと遊ぶの？」

「そうじゃないよ。俺とじゃない」

葉桜（はざくら）が顔を上げて、まっすぐに俺を見つめる。幼い顔立ちに蠱惑的（こわくてき）な笑みが浮かんでいた。俺を見定めている目だ。

実の姉に、俺は笑いかけた。

子供の頃と全く同じ誘い文句で。

「俺で遊んでよ」

俺という存在は、頭のてっぺんから爪の先まで全て葉桜のものなのだから。

その瞬間、葉桜の瞳の奥で超新星のような輝きが弾（はじ）けた。

「……いいわ。遊び方を教えて、猫さん」

「じゃあ、耳を塞いで」

俺に言われると、葉桜は満面の笑顔のまま両手でぬいぐるみの耳を塞ぐ。そっちじゃない、自分の身を守れ。そう思ったけれどいかにも葉桜らしいその豪胆さが嬉（うれ）しくて、俺はそのまま席を立った。

そして右手に握りしめていた銀色の拳銃を構え、窓に向かって一発撃った。

バスの中に悲鳴が轟（とどろ）く。俺は葉桜の腕を引いて立たせ、腕の中に抱きすくめた。ぬいぐるみを抱きしめる少女のこめかみに銃口を当てて、ミラー越しにこちらを見て唖然（あぜん）としていた運転手に向かって叫んだ。

「バスを停めろ！」

阿鼻叫喚の車内に、甲高い笑い声が爆ぜた。

俺の腕に抱かれながら、葉桜が笑っていたのだ。乗客の悲鳴にかき消されそうな高い声だったが、それでも俺の耳には最優先で聞こえてくる。

俺の胸に完全に体重を預けながら、銃口を突きつけられた少女は高らかに笑う。自分の意志を無視して予定調和に進んでいた日常が壊れる瞬間を、その混沌の中心で観測しながら楽しそうに破顔していた。

ふと見下ろすと、葉桜を抱きしめる俺の腕——袖から覗く手首に、赤黒い手形が浮かんでいた。まるで俺を止めようとしているかのように、鈍い痛みをもって腕を掴んでいる。

バスが停まれば、異世界転生のきっかけになった高速バスの事故は起こらなくなる。今ここにいる笈川葉桜という少女は異世界に行けなくなる。

それを止めようとしているのは——

「駄目だよ、葉桜」

赤黒い手形に向かって、囁いた。

「葉桜が道を譲る必要なんてないだろ。この世界が葉桜にとって理不尽なら、俺が全部変えるから」

幼い少女の笑い声が、世界を塗り替えていく。

その声に合わせて、俺は微笑んだ。

「葉桜が異世界に逃げる必要なんてない『素敵な』世界にしよう」

＊＊＊

バスジャック犯の要求によって高速バスは予定にない場所で停車し、乗客は全員降ろされた。周囲には何もない山道だったにもかかわらず、バスジャック犯はまるで煙のように消えてしまった。

笈川葉桜は目的地には行けず、白いワンピース姿を親戚のお兄さんに見せることはできず、それでも誰にも咎められることなく弟と暮らす家へと戻ってきた。

それで大団円――なわけがない。もちろん。

高速バスによる異世界転生を阻止した数週間後、俺たちの家に母方の祖母がやってきた。滅多に来訪しない祖母に、葉桜はニコニコと愛想良く笑ってみせた。自分よりも幼い弟が、なぜか久しぶりの祖母に対して「……」と不自然なほどの無反応を貫いていたので、その弟の分も取りなすように笑ってくれたのだ。

祖母は重箱を置いていった。俺たちの母親に「遅かったわね、でもよかった」と言い残して。

重箱に入っていたのは赤飯だった。

それが晩餐のテーブルに並ぶのを見て、葉桜は幼い弟を浴室へと連れ込んだ。空っぽのバスタブに弟を転がして、跨がりながら弟の首に両手をかける。

「食べないで」

姉の祈るような囁きに、弟は怯えながらコクコクと頷いた。

それでも。

弟を優しく抱き起こして浴室から解放し、葉桜は誰もいなくなった寒々しい脱衣所で立ちすくんでいた。祖母も両親も笑っていた。自分も久しぶりに祖母に会えて嬉しかった。

弟は食べなくても、自分はきっと食べなければいけない。だってせっかく自分のために作ってくれたものを残すなんて、家族が作ってくれたものを突き返すなんて、そんなこと許されるわけがない。

ひとりぼっちで立ち尽くす葉桜は、洗面台の鏡に映る自分の顔をじっと眺める。そんな彼女の姿をすぐ後ろから見つめている俺の姿は、鏡には映っていなかった。

鏡に映る葉桜は、あのときバスで見せたのと同じ表情をしていた。

『ここじゃなければ、どこでもいいわ』

あのときと同じ。ここではない世界に行くことを切望している目だった。

俺はそっと葉桜の髪に触れる。

手に細い髪が触れた感覚は無かった。それでも俺の手は確実に葉桜の体に触れて、彼女をこの世界にとどめるための力を流す。

俺の手が離れた瞬間、糸が切れた操り人形のようにクタッと葉桜が気絶した。

発見したのは弟で、焦った彼は「――さま――」と涙声で何かを口走った。

口から溢れた「――さま――」は、「目を覚まして」と言おうとしたのだろうか。とにかく弟は「――さま――」と口走ってから慌てて口をつぐみ、両親を呼びに走った。

そこから葉桜は、三日三晩ほど高熱で寝込んだ。もちろん赤飯なんか食べられるわけがなく、贈られた赤飯は両親が食べきってしまい、弟はずっと葉桜の手を握ってベッドの横に居座った。

熱が幾分か引いてから、姉は唐突に「ねえ」と弟に頼んだ。

「お絵かきして」

姉の頼みを断るなんて選択肢はなく、弟はすぐにスケッチブックと色鉛筆をベッドまで持ってきた。何を描いたらいいかと尋ねる弟に、姉は短く答える。

「猫さんの絵」

葉桜は晴れやかに微笑み、窓の外へと視線を投げた。

少女はこの世界にとどまった。

＊＊＊

俺の記憶の中で葉桜は、浮世離れした雰囲気の大人びた姉だった。

実際に彼女は、同世代の輪の中にいても異質な存在である。

笈川(おいかわ)葉桜が中学校の教室に入ると、そこにいた男子生徒はどうしようもなく全員が「好きな子を見ると意地悪したくなっちゃう男の子」へと変身する。

葉桜は同年代の子よりも見た目だけは大人びていて、仕草の一つ一つが嫋(たお)やかで品があって、そのくせふわふわとロマンチックな空想をしては微笑(ほほえ)んでいるような子供っぽさも滲(にじ)む不思議な少女だった。

滅多(めった)に喋(しゃべ)らず、周囲に心を開かず、何を考えているのか分からないまま孤高に自分の世界で自由に生きている葉桜は、どうにも周囲の目を引く。

葉桜の隣の席に座ると、男子生徒はどうしても孤高の彼女に「意地悪」をしたくなってしまうのだ。わざと葉桜にぶつかったり、持ち物を触ったりして、そんな行動を周囲の男子に自慢する。あの何も考えていない笈川葉桜にこんなことをしてやった、あの変わった女にこんなことをしてやった、ということは男子の間では武勇伝になる。

まるで「廃墟で会った幽霊に触ってやった」「俺は体をすり抜けてやった」と言い合うように、葉桜との接触は男たちの間で格を上げるためのエピソードとして語られた。

クラスの女子がそれを担任に摘発し、葉桜は担任に放課後に呼ばれた。葉桜は担任を務めていた男性教師が好きではなかった。まあ葉桜が好きな人間は弟だけなのだが、とにかく葉桜はその担任の前で口を利いたことがなかった。

担任は何も語らずにいる葉桜に、苦笑した。

「あいつらも馬鹿だから、好きな女子にすっかけてるんだよ。大目に見てやってくれ」

葉桜はわずかに目を上げて、ほのかに笑った。

――ああ、あの目だ。

――ここではない場所を望む目。

気付いてしまったからには見逃せない。

俺はその日の晩から、一人ずつ葉桜を加虐した生徒を呪い始めた。

＊＊＊

葉桜を守るために彼女に高熱を出させた日から、こちらの世界にいる誰にも見えない俺は不思議な力を使えるということが分かった。

俺は姿が見えない霊のような存在で、使える力もまるっきり怨霊だった。つまり誰かを呪うこと。

いかにも小織の趣味だが、とにかくできることは様々にあった。

後ろの席から笈川葉桜の髪を軽く切った生徒は、自宅マンションの外階段から滑って転んだ。切られた髪が元通りの長さに戻るまで、彼は松葉杖をついて校舎の廊下を歩く羽目になった。

葉桜のペンケースでキャッチボールをした二人組は、下校中に自転車のブレーキが壊れてブロック塀に追突して腕を骨折した。ペンケースを器用に投げ合っていた彼らは、一ヶ月以上も自分の名前すらマトモに書けずにいた。

廊下でわざと笈川葉桜に肩をぶつけて、クスクスと笑いながら走り去っていった野球部の連中は、その翌日の遠征のバスで全員まとめて事故に遭った。

ほんのわずかなことでも、俺は加害と認定して仕返しをした。俺が過敏なほどに反応して、葉桜(はざくら)が受けた理不尽をしっかりと「報いを要するもの」として書き直すために。

きっと葉桜は自分が受けた仕打ちを指摘され「嫌だった？」と聞かれても、高速バスで俺と話したときと同じような反応をするのだろう。きょとんとして「分からない」と答えて、つまらなそうな目で外の世界を眺める。

その目は、いつも『ここではない世界』を探している。

葉桜がそんなふうに『こちらの世界』を見限ってしまう前に、どんな些細(ささい)なことも見逃さないように俺は世界へと目をこらす。

そのうち笈川(おいかわ)葉桜は、革製の学生鞄(かばん)に子猫のペンダントを付けるようになった。

その頃になると俺の腕には、数え切れないほどの手形が焼き付いていた。

そうやって俺は、狭い世界の中で異様な頻度の不幸を起こしすぎてしまったのだ。

その異常現象は、彼女の目を覚ましてしまう。

＊＊＊

俺が頻繁な呪いを起こし始めて間もなく、中学校ではインターネット上で公開されているとあるブログが話題になっていた。

そのブログのタイトルは『氷山凍の調査記事』という。地名こそぼかされてはいるが、舞台になっているのは露骨に筊川葉桜が暮らしている街のことだった。

元々の世界でツイッターだった媒体がブログに変わっていた理由は、おそらく氷山凍にとって「調査」の意味が変わったからだろう。

氷山凍というコンテンツは、氷山自身が創作した都市伝説を実在しているかのように振る舞うのではなく、元々存在している俺という怪異を追いかけるというスタイルになった。だからこそリアルタイムで都市伝説を更新することができるツイッターよりも、一度に多くの情報を開示できるブログが選ばれたのだ。

ブログが始まったばかりの頃は、とある中学校の生徒がやたらと事故に遭っているという噂話をまとめた程度の規模だった。面白おかしく脚色して、たまにコメント欄で「不謹慎」と怒られる程度のもの。

しかし運命が引き寄せられるように、そのブログが動き始めてから筊川葉桜の行動範囲は広がった。

葉桜は急にハープを習いたいと言い出したのである。

ハープ教室なんて滅多にあるものではない。しかし葉桜は引かなかった。

結局、習い事は認められた。俺たちの実家は、娘の習い事のために苦学生が一ヶ月暮らせそうな程度の額は払えるくらいに裕福ではあったので、葉桜は公共交通機関を乗り継いで二時間ほどかかるハープ教室に週に一度通うことになった。はじめは父親が送り迎えをしようかと申し出ていたが、葉桜は何故か頑なに拒んだ。

ハープ教室があったのは、数年後に俺が進学することになる高校がある街だった。

つまり氷山凍の「地元」である。

俺という怨霊を引き連れて、笈川葉桜は夜見小織のホームグラウンドへと足を踏み入れたのだ。

笈川葉桜の行動範囲が広がるということは、俺がもたらす怪奇現象の発動範囲も拡大するということだった。

その頃になると俺は、現実的な方法での「報復」がひどく億劫であることに気がついていた。交通事故に見せかけるためには、呪いの対象が自ら危険に近づくのを待たなくてはならない。場合によっては、自然な事故を起こすために一週間以上も機会を狙わなければならないこともあった。

しかし葉桜が動ける範囲が広がり、俺の呪いは同じ中学校の生徒だけでは収まらなくなっていた。昼休みの教室で葉桜のことを「超抱ける」と評価した男子を呪いながら、駅のホームで葉桜にわざとぶつかろうとしてきたサラリーマンを無視することはできない。

駅のホームだけにはとどまらず、電車の中やバス停、コンビニ、薄暗くなってきた夕暮れの道など、俺が報復するべき対象は本当にどこにでも現れる。

だからこそ俺は、手法を変えざるを得なかった。

自然な事故に見せかけるのではなく、もっと単純な攻撃を行うのだ。自転車の事故が起こせる機会を待つよりも、通りすがりにいきなり手のひらに切り傷が走って出血をするという方法の方が手っ取り早い。そうじゃないと、もう追いつかない。

葉桜に駅でわざとぶつかろうとしてきたサラリーマンは、改札口でいきなり手のひらを切り裂かれて出血した。大勢の目撃者に見届けられながらの怪奇現象は、ちょうど駅を利用していた学生たちの目にもとまって一気に広まった。

交通事故とは段違いの速度で、噂の流れは加速する。

電車の中で、ガラガラの車内でわざわざ葉桜の隣に座って身を寄せてきた男は、電車から降りた瞬間、足下に水たまりができるほどの大量の鼻血を溢れさせて気絶した。

バス停で葉桜の後ろに並び、執拗に「どこで降りるんですか？　送っていきますよ遅いから」と話しかけていた男は、葉桜にぴったりとくっついてバスに乗ろうとした瞬間に足があさっての方向に曲がって悲鳴を上げながら倒れた。

習い事の帰り道でコンビニに立ち寄った葉桜を見て、彼女が再び出てくるのを駐車場で立ち尽くしてじっと店内を見つめながら待っていた男は、いきなり裂けた額から噴き出した血で目が潰れて絶叫しながら逃げ出した。

薄暗くなった夕暮れの道で葉桜の後ろを追うように歩いていた男は、やがて自分を背後から追う異形の影に気がついて、隣町まで逃げて逃げて逃げて最終的に川に落ちて警察に保護された。

葉桜にぶつけられる名前を持たない暴力も、言葉にできない嫌悪感も、全て拾い上げて徹底的に潰す。

やがて街は怪異の噂で持ちきりになり、いくつもの都市伝説が流布するようになる。

その都市伝説をとりまとめて発信しているのは、氷山凍が運営するブログであった。

そのうち氷山凍は、噂の整理だけでは我慢できなくなってくる。

やがて小織は、夜の街を歩き始める。俺を捜し当てる。

そのことを理解しているのに、夜見小織の調査の手が淡々と俺に迫っていることは分かっているのに、俺は呪いをやめることができなかった。

だって笈川葉桜が、世界を見限ってしまうから。

彼女がこの世界に嫌気が差してしまったら、葉桜はまた異世界に行ってしまうから。

葉桜を加害しようとするくだらない連中に見逃さず報復しなければ、葉桜にとってこの世界は価値のないものへと変わってしまう。あの怜悧な瞳が、異世界へと向いてしまう。

この世界は何の力も持たない少女（笈川葉桜）が、言葉にできない嫌悪感を抱かずに生きていられる世界でなければならないのだ。

少女が最強でなくても、誰からも畏怖されていなくても、異世界の支配者として世界を侵略しなくても、ごく普通に一人の人間として生きられる世界でないと。

頼むから、どうか。

＊＊＊

呪いの発動範囲が広まってから三ヶ月ほどが経った頃。

俺は深夜の神社で、夜見小織と再会した。

彼女は発生した事件を追いかけ、待ち伏せをし、やがて夜の神社の境内で俺の存在を見つけて——俺の手を、掴んだ。

「よぉ、有名人。敢えて嬉しいぜぃ」

怨霊に近い存在であるはずの俺と目を合わせながら、小織は臆さずに笑う。

もう長い間、鏡で自分の顔なんて見ていない。俺を止めようとする手形はもはや腕だけには収まりきらず、全身をうろこのように覆い尽くそうとしていた。おそらく小織には俺の姿が恐ろしいものに見えているはずなのに、腹立たしいほどに全然怖がらない。ちゃんと逃げろよ、と言いたくなってしまうほどに。

「えっとねぇ、まず今ここにいる小織（こおり）は再構築（リライト）を行った張本人の夜見（よみ）小織では無（ね）ぇわけさ。この世界におにーちゃんという分岐点が現れた結果、世界線が交錯して異世界で再構築（リライト）の力を得た夜見小織の記憶が混ざっている状態に過ぎんのよ」

　混ざってるだけなの、と小織は繰り返す。

「だから厳密に言えば、あんたと小織は初対面なわけさ。知ってはいるけどね。でも正直、別の世界軸にいる小織ちゃんの記憶が気になって会いに来たってだけじゃなくて、ふつーに怨霊に会いたかったってのもあるんだが！　そんで、おにーちゃん。確認してーんだが、おにーちゃんはこのままこの世界を再生するつもりなんか？」

　現状この世界をめちゃくちゃにしている俺に対して、ヘラヘラと軽薄に笑いながら世界の行く先を尋ねる小織である。俺とは初対面だと念を押しつつも、この世界でも夜見小織のスタンスは変わらない。

「小織ちゃんにはおにーちゃんの姿が見えてっけどよ、他の連中にはあんたの姿は認識されねぇんだぞ？　もしかしてあんたのターゲットが怨念に当てられて姿を見てしまうかもしれんけど、それは人間としての交流とは言えねぇだろ」

　小織は涼しそうに前髪をかき上げながら、笑顔で続ける。

「それに散々守ってやってる姉ちゃんには、あんたが存在してるっつーことも認識してもらえねぇじゃんかよ。本当にそれでいいわけ？」

思わず眉根を寄せた。果たして、そうなのだろか。

俺自身、こんなに早く夜見小織に見つかるとは思っていなかった。葉桜が珍しい習い事をして行動範囲をこの街にまで広げなければ、俺という存在が小織の徒歩圏内に連れてこられることはなかった。俺が無茶な手法を使って、小織の興味を引くようなこともなかったのではないだろうか。

そんなことあり得ない。

そう分かっていても、誘導されている気がするのだ。この現状が葉桜によって引き起こされたものだと感じてしまう。

「まぁ、小織にとってはどっちでもいいんだがな！　元々の世界では氷山凍として楽しく活動できてたし、こっちの世界ではこれからもおにーちゃんという怨霊を追っかけられるし、どっちに転んでも小織の世界は変わらんのよ」

小織はそう言って、あっけらかんと笑った。

「おにーちゃんがこっちの世界を選ぶなら、それでもいいさ。これからも氷山凍として、おにーちゃんのこと追いかけさせてね。そんで、たまには心霊写真の一枚でも撮らせてよ」

神社の境内で楽しげにピースサインをする。記念撮影のポーズだろうか。

しかし、甘い。

夜見小織のそんな些細な願いは、実現しない。

「ごめん」

俺が初めて放った一言に、小織がすっと笑顔を消した。

あいにくだが、もうこの世界で俺と小織が会うことは二度とない。

「ごめん」

きょとんと呆けていた小織は、しかし神社の入り口で不意に光ったものに気がついて表情を凍らせた。

「これを小織が望んでないことは知ってた。これがお前に対して不誠実で、卑怯なことだっていうことは分かってる」

小さな光の輪は、徐々にこちらに近づいてくる。

「本当にごめん、小織」

現れたのはパトロール中の警官だった。懐中電灯で暗い道を照らしながら歩いていた警官は、境内にいる小織を見つけて「ちょっと君、どうしたんだ?」と駆け寄ってきた。

小織が俺を探していることに気がついてから、俺は敢えて夜を選んで呪いを実行していた。ちょうど夜見小織が街を歩き出す時間帯に被害を出して、小織の行動範囲と警官のパトロール範囲が重なるようにした。

　俺の体をすり抜けて、警官が小織の隣にかがみ込む。

「どうしてこんな夜中に、こんな場所に？　誰かに連れてこられた？　一人でいるの？」

　矢継ぎ早に質問されて、小織は当惑しながら口ごもる。どうやら警察官に見つかって困惑するくらいの子供らしさは持っていたらしい。小織の目が、助けを求めるように俺を探す。しかし俺の姿はもう小織には見えない。

　警官は彼女にとって決定的なことを尋ねる。

「おうちの人は？」

　瞬間、露骨に小織が青ざめた。俺の目的を察したのだろう。

「とりあえず、一緒に交番まで――」

「ふざけんな馬鹿ぁあ！」

　いきなり、小織が絶叫した。目を白黒させる警官には一瞥(いちべつ)もくれず、小織は虚空に向かって叫ぶ。

「あんたが変えたかったのは、姉ちゃんの世界だけじゃなかったのか!?　どうして小織の世界にまで手を出す!?」

　彼女は知っているのだ。自分の現状は社会に許されないということを。ま、ま、まともな大人に見つかったら矯正される生活の上に、氷山凍(ひやまいてる)の冒険譚(ぼうけんたん)は成り立っているということを。

「ふざけんなふざけんなマジでいい加減にしろ、小織から『氷山凍』を奪うなよぉ！」

当惑した警官が、落ち着かせようとして小織の肩に触れる。

それでも小織は見えない俺に向かって怒鳴りつける。

「違うよ、小織がほしいのはこれじゃない！　勘違いすんな、絶対にこんなの違う！」

何も持たずに生きてきた小織が、唯一自力で手に入れることができたのが『氷山凍』という存在だった。

しかしそれは、ちゃんと小織が年相応に庇護されていたら必要にもならなかったもののはずなのだ。きっと小織は、優しい両親と一緒に夜中にテレビを観るような生活さえできれば、夜中に街を出歩こうなんていう発想すら抱かなかった。

「やめてよ、おにーちゃん。勘弁してくれ」

無線で仲間を呼ぶ警官の腕の中で、小織は泣き出す寸前のような呻き声を漏らした。

「小織は一度も見たことない普通の生活なんかより、今こうやって好きなことしてる方が絶対に幸せなのに」

奪わないで、と懇願する引き攣った声だけが境内に残された。

その日以降、氷山凍のブログは更新されることはなかった。

＊＊＊

月日は流れ、笈川葉桜は高校生になった。

葉桜が進学先に選んだのは、俺と同じ高校だった。

学生寮もある俺たちの学校は、そもそも遠く離れた土地の学生たちも集まることを前提としている進学校だ。俺が進学時に親から与えられた条件は「母親の知り合いが管理しているマンションに住む」「なるべく毎日連絡をする」という点のみだったが、葉桜はそもそも「女の子なのに遠い学校に行かなくても」と条件すら与えられずに却下された。

しかし葉桜は、そこでも意外な頑固さを見せた。

ハープ教室のときも頑固に意志を貫いたが、俺の知っている葉桜はそもそも外面だけは柔らかくて淑やかな少女だったはずだ。別にその高校に行きたい理由もないはずなのに、葉桜は無言でニコニコと笑いながら、それでも一切引かなかった。

結局、俺がすんなりと「まぁ男の子は自立しなくっちゃね」と許容された一人暮らしも認められず、毎日往復四時間かけて公共交通機関で通学することになった。

葉桜に対して直接的な加害をする人間は、今まで徹底的に排除してきた。

しかし「女子だから一人暮らしまでして進学しなくたって」という風潮を排除するには、誰を殺せばいいのか。両親を殺してしまったら、そもそも葉桜は進学すらできなくなる。

一体、誰を憎めばいいのか。

駅のエスカレーターで葉桜のスカートの裾にスマホを近づける男の指を折りながら、俺は悩んだ。しかし笈川葉桜は何処吹く風で、今年の春までに五十人以上を呪った怨霊を引き連れて女子高生になった。

高校生になってから、葉桜の周囲の世界は少しだけ変わった。中学時代のような露骨な嫌がらせを受けなくなったのである。

葉桜は日々を淡々と過ごした。通学時間のせいで部活動はできなかったけれど、昼休みは図書委員会として静かに本を読んで過ごす。葉桜が子猫のブックマーカーをページに挟んで読書をしていると、なぜか図書室には決まった男子が訪れた。

「何か手伝うことある？」

葉桜は答えない。

「あ、これ本棚に戻してくるよ！」

「やめて」

ページから顔も上げず、葉桜が小声で呟いた。

滅多に喋らない葉桜の短い主張は、淡泊でもかなり迫力がある。男子生徒は臆して、しばらく心許なく図書室をウロウロしてから帰って行った。

そういう生徒が来たとき、決まって葉桜は一人になってから子猫のブックマーカーを撫でた。

「許してあげてね」

小さな呟きは、独り言ではなく誰かに向けた囁きだった。

しかし、そういった生徒は人を変えて何度も何度も葉桜の前に現れる。許してあげてねとは言われたが、時折ページを見下ろす葉桜の瞳が遠くを見ているようになって、俺はそのぼんやりとした視線に気が付くといてもたってもいられなくなる。

言葉にできない嫌悪感の正体は、まだ掴めない。

やめろと言われても何度も葉桜のもとに現れ、頼まれてもいないのに仕事を手伝おうとし、いくら冷たくしてもめげない男子たちは――もしかして見ようによっては、けなげにアプローチをするいじらしい少年に見えるのかもしれない。

でも図書室にまで葉桜を探しに来て、追い払っても出入り口の付近で彼女が出るのを待ち伏せている彼らの姿を見るたびに、葉桜の身がわずかに固まるのだ。

その些細な震えを目にしても、俺は葉桜の「許してあげてね」に逆らうことはできない。

だから、せめて図書室を呪った。

図書室に行くと恐ろしい幽霊を見たり、帰り道に異形の影に追いかけられたり、急に体調が悪くなったりする。もちろん普通に本を読みたい生徒は呪わず、図書室に入る前にカウンターをチラリと見て葉桜(はざくら)がいるかどうか確認している人間だけを徹底的に追い詰めた。

そのうち図書室には不純な動機でたむろする輩(やから)が集まらなくなり、葉桜は再び静かに読書ができるようになった。

そんな葉桜の姿を、すぐ背後に立って見守りながら俺は歯がみする。

許してあげてね、なんて言ってほしくなかった。

全員殺してちょうだいねと言ってほしかった。俺は葉桜の言いつけを破ることはできないのだから、許してあげてなんて言われたら許すしかないのだから、一緒に世界を呪ってほしいのに。

俺の首筋に鈍い痛みが走る。赤い手形がまた増えた。

葉桜が高校三年生になった春。

葉桜が通う高校に、天東涼(あまつかりょう)が入学してきた。葉桜を追いかけるように、弟も無事に合格して進学する。

ここから先はリバイバルだ。俺が知っている世界が再上映される。そう思っていたのに、この世界では一つだけ決定的に違う点があった。

笈川野分(おいかわのわき)と天東涼が付き合い始めたのである。

＊＊＊

よし、俺を殺そう。

周囲の目をはばからずに俺と天束が一緒に下校し、誰もいない校舎の廊下でキスをしている様子を毎日のように目撃するうちに、俺はそう決心した。

葉桜を裏切る人間は許さない。

葉桜を異世界に行かせなくても済む世界を創っていたのに、俺が葉桜を裏切るというのなら俺という存在などいらない。

弟が奪われたら、きっと怨霊の存在にうっすら気付いている葉桜の怨み(うら)は俺に向かう。それこそ葉桜が無双の力を得たいと願い、弟が奪われた現世をめちゃくちゃにするために異世界に行きたがるという可能性もないわけではない。

それでもこの裏切り行為だけは、絶対に許せない。

しっかりと、俺の手で殺したい。

そう思ったからこそ、チートのような怪奇現象に頼らずに機会を狙った。放課後に天束と別れて、人気のない薄暗い道を歩いている俺の背後を追う。

どうやって死んでもらおうか。俺の大事な葉桜を裏切ったのだ。葉桜はお前と結婚するために、一度は異世界にまで行ったのに。

背中を切り裂いて全身の血を噴き出させようか。全身の骨を折って川に捨てたら、どのくらい苦しんでくれるのだろう。俺の周囲の空気だけ抜いて窒息させるというのはどうだろうか。何日もかけて呪って徐々に衰弱させていくのもありかもしれない。

きっと葉桜は悲しむだろうけど、お前を裏切った俺なんてお前の世界にいない方がいいんだよ葉桜。

弟なんて存在は見捨てて、俺がいない世界で一緒に絶対に幸せになろう。

不意に、前方を歩く俺の足が止まった。

街灯の下で、俺が振り返る。怨霊の姿なんか見えていないはずなのに、なぜか目が合ったような気がした。

俺が、俺を見つけて微笑む。

「お久しぶりです。野分くん」

その瞳は翠色に輝いていた。

第六章　笈川葉桜の世界

「ごめんなさい、意地悪をしましたよね」

街灯の中にいる俺が、小鳥のように小首をかしげる。自分の顔立ちのはずなのに、自然とその笑顔は使者の表情と重なった。

「だって本当なら、私の改竄魔法は『俺が葉桜以外の女子と付き合うわけがない』という野分くんの御執心で即座に破られるはずだったんです。でも野分くんは、自分がお姉さんを裏切ることがあるかもしれないと疑ってしまったんですよね」

ずっと気付かなかった。

葉桜のそばにいるのは弟である俺だと、ごく自然に思い込んでいた。

「そんな前提ですら疑ってしまうくらい、この世界は理不尽だと信じてしまったんですよね。汚いものばかり見てしまったから」

一体いつから入れ替わっていたのだろうか。

「排除するために、向き合っていたから」

ほのかに笑って、俺は――使者は街灯から一歩踏み出す。

「この世界は、素敵になりましたか？」

「……どういうことだよ、これは」

「覚えていますか、野分くん。あなた高速バスの事故を止めるために、私の能力によって顕現させた武器を使ったんですよ。私を招き入れたのは、あなたです」

「でも……だって、じゃあこっちの世界での俺はどうなったんだ」

「この世界に侵入することができた私は、こちらの世界の野分くんとお話ししたんです。高速バスのときはまだあなたは小学生だったから、ちょっと伝えるのに苦労しましたけど。改めて、小織ちゃんって特異だったんだなって思いました。野分くんは警戒心が強かった上に、そもそも私は実体を持たない気配の塊のような存在になっていましたから」

実体を持たない気配とは、つまり今の俺と同じようなものだろうか。

しかし俺が幼い葉桜と話して小織の特異性に気付いているのと同じように、幼い俺と接触した使者が小織のことを思い出しているのは不思議な気持ちだった。

「だから一ヶ月くらいは、こちらの世界で野分くんのそばに居続けたんです。あなたの家に行くとあなたに気取られてしまう心配があったので、私は野分くんの通学路に滞在して毎日のようにあなたに接触しました。そうやって、警戒心が解けるまで待ったんです」

ちょうど俺が小学校、葉桜が中学校に通っていて、そもそも一人になる時間が多かった時期でもある。使者が虎視眈々と狙う隙は、いくらでもあっただろう。

「私はこちらの世界の野分くんに、全て事情を説明しました。おそらく野分くんは私が言ったことの半分以上も理解できなかったとは思うのですが、『つまり俺が葉桜の意にそぐわないことをしてるってこと？』と解釈してくれました。難しい言葉を使う子供だったんですね、野分くん」

意にそぐわないこと？　そうなのだろうか。

確かに俺が誰かを呪うたびに、葉桜がそれを阻止しようとしている手形が体に刻まれていった。でも俺は、葉桜が普通に生きていける世界にしたかっただけなのに。

「だから私は、野分くんに体をお借りすることになったのです」

「体を借りるって……使者ってそんなことできたのかよ」

「あら。氷山凍(ひやまいてる)の怪談を追って一緒に神社に行ったとき、私が儀式に参加していた人たちの意識を認識改竄(かいざん)魔法で奪ったことをお忘れで？　それと同じ要領で、野分くんの意識を飛ばして空っぽの体に私の意識が入ったんです」

「……ああ、そうか」

「はい？」

「『葉桜様』だったのか、あれは」

俺が思い出したのは、全ての始まりである「呪い」だった。

俺が初めて力を発動して、葉桜を高熱で倒れさせたとき。気絶している葉桜を見つけた弟は、涙声で「——さま——」と漏らした。

震えた声はよく聞き取れなくて、俺はてっきり「目を覚まして」とでも言ったのかと思っていた。

しかし、その頃にはもう使者が俺の体を借りていた。

あの「——さま——」は「葉桜様」だったのだ。

気絶している葉桜を発見した使者は、咄嗟に「葉桜様」と口走ってしまった。自分がうっかりその呼び方で呼んだことにぎょっとして、慌てて口をつぐんだ。それが涙声のように聞こえた。

「ああ、そんなこともありましたね。私の悪いところが出ました、迂闊なんです私」

あっさりと自分の弱点を認める使者だが、なんとなく俺は真相に気が付いて安堵してしまった。俺の体を借りていた使者は、迂闊にその呼び方を溢れさせてしまったくらい本気で葉桜を心配していたのだ。

俺の知っている使者だ、ここにいるのは。

「体を貸す……それ、本当に小学生の俺が了承したんだよな」

実際ここにいる俺の体に入っているのは使者だから、使者は数年間ずっと俺の体を借り続けているということになる。小学生の子供に「高校生になるまでの人生をちょうだい」と言って、よくオッケーをもらえたものだ。

「即座にオッケーしましたよ、野分くんは」

少し呆れた調子で、使者は言った。

「奪った野分くんの意識は、【聖櫃】に入れると約束したんです」

「……ああ、そうか」

葉桜の【聖櫃】に入るということは、笈川葉桜に人権の全てを渡すという意味だ。

俺にとって、それは魅力的なのである。

全てを差し出しても構わないほどに。

「葉桜様のために自分の全てを明け渡すということを、野分くんが拒絶するわけがないですもんね」

使者は溜息を漏らす。

「たぶん私は……絶対に断るわけがないと思って、野分くんに頼んでしまったんです。卑怯な真似をしました、すみませんでした」

謝られるべきなのは俺ではない。だって俺は、この世界にいる俺とは別物なのだから。

「小織ちゃんは再構築の実行者だったからこそ記憶が引き継がれたようですが、涼さんは葉桜様と同様に完全にリセットされた状態でした。だから涼さんにも事情を説明して、この世界を牛耳る『野分くん』をおびき寄せるために協力してもらったんです」

「……天束にそんな役回りばっかさせて申し訳ない」

「侮らないでくださいよ、野分くん。同じ轍は踏みません、私」

使者は間髪入れずに言い返した。

「私は涼さんを利用したのではなく、協力してほしいと頼んだんです。この方法だって、私たちが二人で考えたんです。涼さんを舞台装置にしないでください」

俺がいない世界では、結果は似ているのに過程が違う。

過程が違っても、天束は自分の意志でキスをする。

「使者は何がしたいんだよ」

俺と使者が出会うという未来も変わらなかったが、使者が今ここに立っている意味が変わっている。

「教えてあげに来たんです」

使者は答えた。

「約束が違いますよ、野分くん」

その台詞は奇しくも、以前の世界で俺たちが出会ったときに俺が使者に投げかけたものと酷似していた。

「……は？」

約束？　何のことだ。

「私はあなたがあなたのお姉さんと一緒に暮らせる世界になってほしいから、あなたに協力したんです」

使者のまっすぐな眼差しが、俺を追い詰めるように射すくめる。

「だから私、野分くんに『違う』って言いたかったんです。ここがいくらあなたの理想とする素敵な世界だとしても、あなたはこの世界でお姉さんとの約束を破っているんです」

葉桜の言いつけを破ることはできない。葉桜との約束は絶対に反故にできない。

葉桜にとっての良い子でいないと、生きている意味なんかない。

使者が放った刃は、的確に俺を抉った。刃になると分かっていたからこそ、使者は目をそらさずに俺を見据えている。

でも今の俺は怨霊で、あまりにも人を呪いすぎてしまったから、そんな使者の誠意を受け止めても穿った刃を返してしまう。

「それも、葉桜の伝言か？」

「はい？」

「葉桜に言えって命令されたのか？　俺と初めて会ったときみたいに」

「何を言ってるんですか、野分くん」

使者は当惑して、俺に訴える。

「葉桜様が知ってるわけがないじゃないですか。そもそも葉桜様がこのことを承知していたら、私が野分くんと入れ替わったという手を選んだ時点で私が葉桜様に殺されてますよ」

「……っ、待って」

俺は慌てて、使者を止める。

「それはおかしい。だって葉桜は、明らかに俺を認知していたのに」

「はい？　認知していたとは？」

だって葉桜は、確実に俺の存在に気が付いていた。

急にハープ教室に行きたいと言い始めたのは、明らかに俺という怨霊の魔の手が及ぶ範囲を広げるためだ。わざと自分の行動範囲を広げ、事故に見せかけて同級生たちに復讐するだけだった俺を、どこでも呪いを発動させる正真正銘の怪異にしてしまった。

明らかに俺の力を試していた葉桜は、そうやって俺という存在の条件を集めて使役するようになった。高校に入学してからは、「許してあげて」などといった甘言のみを駆使して俺の力を完全にコントロールし、手懐けていた。

てっきり使者が、早々に葉桜に真実を話して協力を求めたのかと思ったけれど——

「じゃあ使者が葉桜に俺の存在を伝えたわけじゃないのか？」

葉桜と協力しあって、こうやって俺に接触したのではないのか？

「伝えた？　知ってるわけがないですよ、だって葉桜様は涼さんと同様に記憶はリセットされているはずなのに」

「でも葉桜が、俺が入れ替わったということに気がつかないわけがない」

絶対に見逃さないはずなのだ、葉桜は。

そして使者も、葉桜に追及されて黙っていられるような人間でもない。葉桜が指摘すれば、使者はきっと誠心誠意をもって事情を説明し、愚直に葉桜に協力を求めるはずである。

そういう人間だ、使者は。

「えぇと……バレてませんよ、野分くん」

使者の翠色の瞳が、ゆらりと揺れた。瞳の奥にわずかな疑念が浮かんでいる。

「数年間ずっと、私は葉桜様に平然と受け入れられていたんです。私が協力を求めたのは涼さんだけです」

「………………」

俺は唇を噛みしめて、言葉を探す。

こうやって何を言うべきか悩みあぐねるのは、久しぶりの感覚だった。葉桜の瞳に浮かぶ感情だけを注視して直感のまま他人を呪っていた頃に、こんな悩みは必要なかった。

だからこそ、相応しい言葉を選ぶのに時間がかかった。

じっと長考していた俺は、やがて慎重に口を開く。

「……葉桜に名前を呼ばれたことがある？」

「は、はい？」

「使者はこの数年間、一度でも『野分くん』と呼ばれたことはあったか？」

使者が薄い唇を噛みしめて、短く答える。

「……いえ、一度も」

生温い夜風が、俺と使者の間を吹き抜けた。

何かがおかしい。その違和感にとりつかれた俺たちは、そのせいで気がつくのが遅れてしまった。

使者の背後に、銀色の刃が浮いたことに。

そこに笈川葉桜が立っていた。

彼女は晴れやかな笑顔で、躊躇なく俺を切りつけた。

＊＊＊

「な……」

使者の肩に、深く刃物が突き刺さっている。それはホームセンターで買えるような小型の果物ナイフで、いつから葉桜がそんなものを持ち歩いていたのか怨霊の俺ですら分からない。

使者は唖然として、自分の肩から突き出る柄を見下ろす。

「な、んで……」

葉桜が、勢いよく刃物を引き抜いた。

噴き出した血潮で顔が濡れても、使者はまだ目の前の光景を信じていない目をしていた。

「なんで野分くんを刺すんですか、葉桜様」

「いくらデザインが可愛くっても、空っぽのクッキー缶はいらないもの」

果物ナイフにこびりついた鮮血を振るい落としながら、葉桜は微笑んだ。

「私が協力なんかするわけないでしょう？　私から野分くんを奪った人なんかと」

簡単に放たれた一言に、全身の力が抜けていく。

葉桜は使者から事情を聞いたわけではない。全て自力で導き出したのだ。自力で俺の存在に気付き、自力で俺の力が発動する条件を探り、わざと自分の行動範囲を拡大させて、俺という怨霊を完全にコントロールしてしまったのである。

俺は前提を忘れていた。

少女が異世界に行くかどうかが問題なのではない。異世界に行かなくても、ここにいる少女はそもそも「笈川葉桜」なのだ。

笈川葉桜からは逃げられない。

笈川葉桜は騙せない。

笈川葉桜に対しては、いくら最悪の想定をしても足りない。

それが俺にとっての大前提だったはずなのに。

「私の野分くんが別の誰かになったのと、猫さんが現れたのは同じ頃だったじゃない？　だから私、てっきり猫さんは私のために私の敵を排除してくれる存在なのかと思ったの。私の日常を侵略する何かを、排斥するために現れたと思ったの」

葉桜はとっくの昔に、俺たちが彼女の世界を侵攻していることに気がついていた。

その上で傍観していたのだ。弟に成り代わった何者かと無邪気に遊び、俺という怨霊を携えながら淡々と過ごした。

「私、待ってたの。早く猫さんが、私から野分くんを奪ったこの子を殺してくれないかしらって」

使者が荒い息遣いと共にうずくまるのを見下ろして、葉桜は幼女のように無邪気に笑った。俺はひたすら、葉桜を苦しめる人間たちを排除しまくった。しかし葉桜は俺がこの世界に現れたときからずっと、自分の隣にいる『弟』を排除することを俺に望んでいたのだ。

しかし、望むだけでは終わらない。

葉桜は虎視眈々と、俺たちが手の内を明かすのを待っていた。いつでも『間違い』を訂正できるように。

「私、間違ってしまったのね。二人とも、お友達だったの？」

子供の悪戯をたしなめるかのように軽やかな調子で、葉桜は嘆息した。

「早く言ってちょうだいな、猫さん。だったら待たなかったのに。私がちゃんと今日まで待ったのは、私が私だからよ？」

　葉桜は膝を折って、肩から血を流す使者を穏やかに見つめる。

　ブレザーの袖を伝う血液を無邪気に指先でなぞって、血で濡れた人差し指を使者の頬にそっと這わせた。

「私は野分くんに『あなた、違う人？』なんて絶対に言わない」

　赤く染まった人差し指が、使者の唇にそっと添えられる。

「私自身が別人だと確信していたとしても、私は野分くんを信じているから……目の前の野分くんらしきものが本物の野分くんだという振る舞いをしているうちは、私は野分くんを疑ったなんて事実は絶対に作らない」

　腑に落ちてしまうのが悔しい。

　だって俺も、笈川葉桜の異世界侵攻計画を聞いても葉桜を憎めなかったから。

「私だけが偽者だと分かっていても、私は自分の確信よりも目の前にいる野分くんを大事にしなくちゃいけないの。だから猫さんが何もしてくれないなら、私はこの子が野分くんを演じるのをやめるのを待たなくっちゃいけない」

　先ほど、使者は自分以外の存在を「野分くん」と呼んだ。自分が笈川野分ではないと白状してしまった。

　笈川野分を騙ることをやめた瞬間に、使者は葉桜にとって庇護するべき存在ではなくなったのだ。

「ねえ」

　穏やかな笑顔のまま、葉桜はナイフを握り直した。

「お話、ずっと聞いてたの。猫さんはこの世界が素敵になるために、私のそばにいてくれたのですって？　その素敵な世界って、私の隣に野分くんがいない世界なの？　野分くんが、私の言うことを聞いてくれない世界なの？」

「…………っ」

　ふと首筋に、焼き付くような痛みを感じた。

　もう何度も味わったその感覚は、手形が浮き出るときの痛みだ。この世界で、葉桜は何度も俺を止めようとしていた。俺が誰かを呪うたびに俺の体を掴んで、熱い痛みで自分の存在を俺に知覚させて、やめてくれと訴えていた。

　この手形の数だけ、俺は笈川葉桜の願いを無視してきた。

　眼前にいる制服姿の葉桜と、俺の脳裏に蘇る黒いロングドレスを着た葉桜の姿が重なる。

「でも、葉桜は……異世界に行けば支配者になれるんだよ」

　俺が吐き出した言葉は、目の前の葉桜ではなく手形を無視され続けた葉桜に対しての言葉になっていた。

「誰も葉桜には逆らわず、無敵の力もあって、世界を全て好きなように変えられて、誰も葉桜を踏みにじらない。だから、それでも現実世界で隣にいてほしいっていうのは確実に俺のワガママで……だったら、俺がこっちの世界を変えるしかないだろ」

葉桜を虐げようとする人間たちを徹底的に排除して、この世界が素敵になればいい。異世界に行かなくても、葉桜が葉桜のままで自由に生きられる世界を創らなければならない。

「異世界で、最強……」

ぼんやりと独りごちてから、葉桜は紅い瞳を胡乱げに細めた。

「じゃあ、異世界の私が最強じゃなければいいのね」

「……は？」

「異世界にいる私よりも、今ここにいる私が強ければいいんでしょう？　そうであれば猫さんだって、わざわざ私が異世界に行きたがるんじゃないかと心配する必要もないし、そのために世界を変え続けようとする必要もないでしょう？」

「葉桜――」

　葉桜の握っていたナイフの刃が、俺に向いた。

「笈川葉桜を呼ぶには、これしかないから」

　葉桜が、俺の名前を呼んだ。「猫さん」でいたはずの俺を笈川野分だと認めた上で、葉桜は「ごめんなさいね」と断りを入れてナイフを構える。

「ねえ、野分くん」

「……っ」

　葉桜の思惑にいち早く気付いた使者が、彼女のプリーツスカートを掴んで止めようとする。しかし血で濡れた手はずるりと滑って葉桜を取り逃し、葉桜の握る刃物がまっすぐに俺に飛ぶのを許してしまった。

　俺の眼前にナイフの切っ先が迫ったとき、首筋に鋭い痛みが走った。焼き付いた手形から鮮血のように黒い影が噴き上がる。

「っ、な――」

　黒い影は俺の意志を無視して、葉桜のナイフを持つ手に纏わり付いた。

　影に手を拘束されながら、葉桜は柔和に微笑する。

「そうね。私は、野分くんに危害が加えられそうになることを許さないもの。たとえ私自身からだとしても」

影を振り切った葉桜は、後方に下がってから敬意を表すように恭しくスカートの裾をつまみ上げて礼をする。

「こんにちは、無敵の私」

異世界で最強である笈川葉桜を引きずり出した彼女は、ぞっとするほど綺麗(きれい)な笑顔で宣戦布告した。

「でもどんなに素敵な力を持った私よりも、野分くんを取り戻すために戦う私の方が絶対に強い。そうでしょ？」

彼女の言葉を聞くやいなや、俺の全身に刻まれた手形に熱く鋭い痛みが走る。噴き出した影は黒い蝶(ちょう)の形になって飛散して、笈川葉桜に襲いかかった。

彼女の全身に纏わり付いた影が、その白い肌に張り付く。ほっそりとした手と華奢(きゃしゃ)なシルエットを覆(おお)う黒い影はレースの模様のようで、それは異世界に生きていた彼女の黒いレース手袋とロングドレス姿を思い起こさせた。

葉桜の髪を影が掴み上げる。リボンのように黒が揺れる。

現実世界で生きてきた笈川葉桜が、異世界に染まる。

「あのね、野分くん。影に触れるとね、声が聞こえるみたいなの」

自分の好きな色に染め上げられた自分の姿を見下ろしながら、彼女は微笑(ほほえ)んだ。

「異世界に行った私が、向こうの世界でできることをたくさん教えてくれるのね。きっと、そう、私にとっては全部が魅力的」

リボンのように揺れる黒い影が、皮膚が裂けそうなほどに葉桜の髪を引っ張った。

それでも葉桜は顔色一つ変えない。

「ここではない別の世界に行って、野分くんと結婚できるように世界のルールを変えて、世界すら犠牲にして野分くんと結ばれる。私を踏みにじった人間を、逆に踏みにじって、野分くんを大事に大事に鳥かごに入れる。絶対に、それは私にとってのハッピーエンドだもの」

でも、と。

ナイフを持つ彼女の手に、力がこもった。

「知ったことではない」

銀色の刃が、向きを変えた。

「今ここで生きる私が、別の世界の私に劣るだなんてあり得ない」

紅い瞳が悠然と煌めく。

葉桜は、異世界の自分からの囁きを振り切るように断言した。

「野分くんを取り戻せれば、私はそれだけで完璧になれるの」

銀色の刃が、艶やかな髪ごと黒い影を切り裂いた。

無残に切られた黒髪が舞い散る中、俺は見た。

黒々とした夜空に亀裂が走っているのを。

「……っ、野分くん！」

肩口を赤黒い血で光らせた使者が、俺の足下に縋り付いた。

「葉桜様を止めてください！　こんな戦い、意味はない！」

止められるものならとっくに止めている。でも俺の体から噴き出す影は、俺の意志とは無関係に笈川葉桜に襲いかかるのだ。

しかし艶めく髪をざっくばらんに切り捨てた葉桜は、舞い上がる影を自ら掴んだ。

「本当に、未練がましくなるくらい素敵。異世界に行けば、私こんなこともできるのね。でも、ごめんなさいね。知ったことではないのよ、私」

黒い影をナイフで切りつけるが、刃はあっさりと空を切って弾かれた。それでも葉桜は、素手で影の塊に掴みかかった。

「異世界でどんなに素敵な生活が待っていたとしても、今この私の隣に野分くんがいないという事実があるだけで、それ以外のことは全てどうでもいいの」

レースがちぎれるように、影がゆっくりと引き裂かれた。

甘美な誘惑を吹っ切るかのように、葉桜は呟く。

「それ以外は、何もいらない」

空に走った亀裂はみるみる広がり、世界の崩壊を通告する。ここは俺が葉桜のために創り出した世界だから、葉桜自身がこの世界を拒絶すれば存在意義がなくなる。

崩れゆく世界の中で、葉桜は淡々と影を引きちぎった。

レースの手袋のように纏わり付く影を裂き、ドレスのように膨らむ影を蹴り落とし、無残に散らして宙へと捨てる。

あっさりと、異世界の自分を切り捨てる。

俺は呆然とそれを眺めながら、冷たい地面に両膝をついていた。俺は誰よりも正しく、目の前の光景が意味するものを理解している。

今ここにいる葉桜には勝てない。

異世界で無双をした笈川葉桜でさえ、「弟のためなら何もいらない」と断言する自分自身を俺の前で否定することはできない。

何の力も持たずに普通の世界で生きているだけの少女に、もう誰も勝てない。

不意に、葉桜の紅い瞳がこちらを見据えた。

「ねえ、野分くん。最後に教えて」

最後に、という言葉が俺の胸を抉った。もう葉桜はこの世界を見限っている。

俺は失敗したのだ。葉桜にとって素敵な世界を創ろうと思ったのに、葉桜自身に拒絶されてしまった。

一体どうすればよかったのか。どうすれば正しく素敵になれたのか。

途方に暮れる俺の頬（ほお）に、葉桜（はざくら）の手が触れた。そこに焼き付いていた赤黒い手形と、彼女の手のひらがぴったりと重なる。

「どうして私は、ずっとあなたを止めていたと思う？」

俺が呪うたびに増えていった手形は、異世界にいる葉桜の声なき声だ。

「俺が、葉桜を現実世界で生きさせようとしたからだろ」

「……ううん、たぶん」

背伸びをした葉桜が、俺の耳元に唇を寄せた。

「あなたを、誰かを呪う化物にしたくなかったからじゃないかしら」

頬に濡（ぬ）れた唇が触れた。

軽やかにキスをして、葉桜は可憐（かれん）な笑顔で俺に囁（ささや）いた。

「気をつけて帰ってね、野分（のわき）くん」

ローファーに包まれた葉桜の踵（かかと）が、浮遊していた最後の影を勢いよく踏みつける。

その瞬間、世界が完全に崩壊した。

＊＊＊

気がつくと、俺は高速バスの乗り場に立っていた。

「お乗りですよね？」

呆然と立ち尽くしていた俺を、すでに運転席に乗り込もうとしていた運転手が怪訝そうに見返す。乗客のチェックはされない。手ぶらの俺は、なぜか怪しまれずにバスの中へと誘導される。

バスに乗り込むと、すでに座席は満席だった。

いや、違う。

一つだけ席は空いている。俺はその空席へと向かう。

「…………」

空席の隣には、笈川葉桜が座っていた。腰まで届くロングヘアに黒いリボン、艶やかな黒のロングドレスという自分の好みの格好に包まれた彼女は、異世界に生きる無敵の彼女の姿だった。

彼女が見つめる窓ガラスには、細かい亀裂がびっしりと入っていた。そんな窓ガラスにそっと手を這わせて、じっと外の景色を眺めている。窓ガラスにはたくさんの白い手形がついていた。何度もガラスを叩いたのだろう。外の世界で誰かを呪う俺を止めようとして、窓越しに何度も手を伸ばしていたのだ。

「……葉桜」

ふっと彼女が顔を上げる。紅い瞳がぼんやりと俺を見上げ、パチパチと瞼を瞬かせた。

「手、大丈夫？」

そんなにガラスを殴って怪我をしていないだろうか。そのことばかりが気になってしまう俺の問いかけには答えず、葉桜は無言で席を立った。

真っ白な手がこちらに伸ばされる。その手が傷一つなく綺麗だったことに安堵した瞬間、その白い両手が俺を抱きすくめた。

冷たい手のひらが、俺の首筋に押し当てられる。

「二度としないで」

葉桜の声は、今まで聞いたことがないくらい固かった。

冷然として静かな一喝に、俺は幼児のように身を凍らせる。

「……怒らないでよ葉桜。ねえ」

「この程度で折れちゃうの？　だとしたら、あなたは私に怒られることにもっと慣れた方がいいわ」

「無理だ、死んでしまう」

「じゃあ死ぬ前に、きちんとお返事しましょうか」

葉桜はおもむろに小指を立てて、俺の小指を搦め捕る。そのまま強引に指切りをする。

「二度としない。ね？　約束」

「……………」

その瞬間に、自分の失敗の理由を悟る。

葉桜のことを傷つけたのだ、俺は。そんな奴が世界を変えられるわけがない。

バスが走り出してから、俺たちは隣同士の席に座って窓の外を眺めていた。葉桜の手は、俺がしっかりと握りしめて膝の上に置いている。

何度も窓を殴ったのであろう葉桜の手を、何度も何度も撫でさする。柔らかく脱力した葉桜の手を執拗に掴んで労っている俺に、葉桜は特に抵抗もせず身を預けてくれていた。諦めているような呆れているような脱力だった。

果たして、どうすれば良かったのだろうか。

俺が変えようとした世界で笈川葉桜は、異世界で無双する自分よりも今の自分の方が最強だと断言した。そう言って、弟を取り戻すために世界を終わらせた。

じゃあどうすれば、今隣にいる『異世界最強』の笈川葉桜は報われるのだろうか。

「野分くん、見て」

葉桜が不意に、窓の外を指さす。

「桜が咲いてる」

「……見えないだろ、何も。ガラスは葉桜がひびだらけにしたんだから」

「パズルは上手でしょ。並べ替えて、空白を埋めて」

思考に沈んでいた俺の隣で、葉桜は無表情のまま窓の外を見つめていた。

「来年は、二人でどこか遠くにお花見に行きましょうか。バスの旅もいいけれど、私は現実世界ではもう十九歳になったから、そういえば車の免許が取れる」

唐突に吐き出された一言は、笈川葉桜の台詞にしてはあまりにも現実的すぎた。お花見もバスも車の免許も、異世界を支配する彼女なら絶対に言わなかった言葉たちである。

「女の子は免許なんていらないって言われるかもしれないけど、まぁ大丈夫でしょう。私は別の世界でハープも習ったし、家から遠すぎる学校へも通うことができたのだから……そういう自分を見るのは痛快だったから……今ここにいる私も、きっと同じことができる」

淡々と、葉桜は現実世界での計画を語り始める。

「お姫様が住んでいるような大きなお城じゃなくてもいいの。動物さんたちに掃除を手伝ってもらわなくっても、一人で綺麗にできるくらいの家でいい。王子様も魔法使いもいなくても、私は自力で自分の好きな服を着る」

短く、葉桜が嘆息する。

「そして野分くんと一生ずっと一緒にいる」

繋いでいた手を、固く握りしめられた。迷いを振り切るように目を閉じる。

「それが私にとっての『理想の世界』でいい」

一度掴んだ何でもできる世界を諦めて、少女は地に足のついたお伽噺を語る。

「…………取り消したい」

「野分くん？」

急に頭を抱えた俺に、葉桜が煙たげな視線を向ける。戸惑いではなく厄介そうな顔を向けたのは、きっと俺の考えが読めたからだろう。さすが実の姉である。

それでも敢えて言葉にする俺は、きっと葉桜に甘えているのだけど。

「俺がやったこと、取り消したい。だって俺がやったこと、『お前が異世界を諦めなければ死ぬぞ』って刃物振りかざして脅してるのと何一つ変わらないだろ。ＤＶじゃん」

「……悪いけど、野分くんのそれはそんなに大層なものじゃないから。どちらかというと、イヤイヤ期の赤ちゃんがワンワン泣いている姿の方が近いけれども」

「大の大人がワンワン泣いてたらそれはもう脅迫だよ」

「あなたまだ子供でしょ」

俺をあやすように、葉桜は絡まった五指をふわふわと揺らした。

「お姉ちゃんに抱っこしてもらわないと夜も眠れない赤ちゃんだものね。いいの。私の思い描いた世界の先にある未来が野分くんが誰かを呪うということなら、そんな世界は私の理想ではないもの」

怒濤の勢いで一気に異世界を支配した葉桜は、身を引くときも一瞬だった。

余韻すら残さず、さらりと自分が築いてきた理想の世界を切り捨てる。

「……俺が創り出して、葉桜は……えっと、今ここにいる葉桜がどうして俺を止めようとしていたのか、予想してたんだけど」

独り寝もできない赤ちゃんだと断言されてしまったので、その言葉に甘えて俺は無遠慮なことを切り出した。

「葉桜は俺を誰かを呪う怨霊にしたくなかったんじゃないかって予想してたんだけど……たぶん、当たってたんだろうな。だって俺も、葉桜を異世界の支配者なんていう訳分かんないもんにしたくなかったから」

「そう」

端的に、葉桜は頷いた。

「おんなじだものね、私たち」

立場が逆になっても、俺たちは結局同じ轍を踏む。姉弟だから、どんなに離れた道を歩いていても結局は同じ場所に帰ってくる。

ガクンッと大きくバスが揺れた。もうすぐ高速バスは事故に遭う。

世界が変わるターニングポイントに訪れる。今ここにいる俺は、世界を好きなように変える力を持っている。

「大丈夫」

姉が、俺の肩口に頭を預けてきた。

「野分(のわき)くんに任せる」

異世界で最強の自分になることをやめた彼女は、それでもただ元の世界に戻るということを許容しない。

新しい世界への変革を、あっさりと弟に託した。

「素敵な世界にして、野分くん」

車内が大きく揺れて、世界が変容し始めた。

エピローグ

目を覚ますと、俺は見知らぬマンションの一室にいた。

白い革張りのソファに横になっていた俺は、体にふわふわとしたピンクの毛布を掛けられていた。決して広くない部屋は、色彩が徹底したパステルで統一されている。白いソファにピンクの長毛絨毯（じゅうたん）、シャンデリアのような照明器具、隣の部屋に見えるベッドにはレースの天蓋が下がっている。

棚に飾られているドールとぬいぐるみがじっとこちらを見つめている。ガラスの小物が窓から差し込む朝日でキラキラと輝いていた。

間違いない。この部屋にあるものは、全て葉桜（はざくら）が好きなものだ。

ここは葉桜が一人暮らしをしている部屋なのだ。

その事実に気がついて、なぜか目の奥が熱くなった。

片道四時間もかけて通学させられていた葉桜は、今この部屋で暮らしているのだ。自分の好きなものに囲まれて、すべて自分で選んで、誰にも干渉されない夜を過ごしている。

ここは葉桜の城だ。魔法もないし、十数歩もあれば部屋の隅々まで歩き切れてしまえるほどの可愛（かわい）いサイズの部屋だけど、間違いなくこれは葉桜が支配する自分だけの世界だ。

笈川葉桜は、この世界で一国一城の主になったのだ。

マンションから出ると、道端に見慣れたシルエットがあった。

見慣れているけど、お前はどうしてそこにいるんだよと言いたくなる人物だった。俺の気配に気がついたのか、その少女は銀髪を揺らして振り返る。

そして、翠色の目を細めてにやりと笑った。

「こんにちは、野分くん」

「……な、なんで使者がここに」

「あなたや葉桜様が、異世界を認識していた記憶をまだ持っているからですね。野分くんがお姉さんのことを忘れなかったから、葉桜様がこちらの世界と繋がれていたのと同じことです。あなたが忘れるまで、私はわりと単純に世界を越えられるらしいのです」

「じゃあ俺と葉桜が死ぬまで往復し放題ってことじゃんか、いいのかそれで……」

「……えあ」

なぜか、唐突に使者が呆けた。パクパクと口を開閉させて、それから小さく咳払いをして頬を張る。

「……どうかあなたたちが長生きしますように」

不意に長寿を祈り始めた。なんだそれ。

「野分くん、葉桜様のところに行くのでしょう？　その前に少しお散歩しませんか」

そう言って、使者は俺に片手を差し出してきた。

「あなたが選んだ世界の答え合わせといきましょう、野分くん」

「………………」

俺は少し躊躇ってから、その手を取る。

＊＊＊

街を歩きながら、使者はいろいろな話をしてくれた。

「一族の計画を崩壊させた結果、こちらの世界の存在は私たちの世界の人々にもれなく明かされることになりました。しかし現時点で、こちらの世界と繋がるための〈門〉になり得るのは私なので、私が所属する〈ストレイド魔術学院〉が唯一異世界と繋がるための手段を有していることになります」

相変わらず、淡々とした調子で語る。

「その〈門〉が私である限り、何者かがこちらの世界を侵攻しようとすることは叶わないです。私が阻止しますから、それは」

「葉桜がいなくなったってことは、そっちの都市の支配者がいなくなったってことだよな。

それはどうするんだ？」

「そんなの、どうとでもなりますよ。誰かなりたい人がなります。そうやって代々繋いできたんだから、放っておいてもいずれ別の人が空いた席に座りますよ。そのうち自浄作用が働いて、何事もなかったかのように動き始めます」

元々、葉桜だって急に現れた支配者だ。

無敵の女が消えたあとも、その席に唐突に座る誰かは急に現れるのだろう。

使者が俺の腕を引きながら歩いているのは、明らかに俺の通学路だった。迷いなく道を選ぶ使者は、そのまま俺たちの高校へと向かう。

どうやら今日は休日だったらしい。

その少女は、校門の前に私服姿で立っていた。ジーンズのポケットに両手を突っ込んで俯いていた彼女は、使者に呼びかけられてハッと顔を上げた。

「…………」

天束涼は、たまに本音とあべこべな表情をする。

天束が完璧な笑顔を浮かべているときは、大抵は相手を威圧したいときだ。逆に本当に笑っているときは、困ったように眉尻を下げて苦笑する。怒っているときは人を小馬鹿にした嘲笑を浮かべる。何かに失望したときは無表情になる。

今この瞬間の天束涼は、露骨に不機嫌そうな仏頂面をしていた。

この表情が語る本音は何だろう。そう思って身構えていると、彼女はパッと身を翻してこちらに駆けてきた。

勢いよく地面を蹴って、そのまま俺と使者の真ん中あたりに飛び込んでくる。咄嗟に俺と使者が腕を広げて、彼女の体を受け止めた。といっても飛んできた重さによろけた俺の腕は天束の半身をうまく支えられず、ほとんど使者が一人で受け止めきったのだけど。

俺と使者の体に回された彼女の両腕に、一瞬だけ力がこもった。

固く抱きしめていたのはほんの刹那だけで、すぐに彼女は嘆息して身を起こした。

「……元気？」

「姉の部屋が可愛くて嬉しくて元気になった」

「その『元気』の言い方は誤解を生むからマジでやめた方がいいよ、笈川くん」

深々と溜息を吐き出して、天束は眩しそうに俺を見上げて目を細めた。

「まあ……元気なら、よかった」

天束涼にとっての仏頂面は、安堵の表情だったらしい。


立ち話もなんだからと場所を変えてもよかったのだが、俺たちはなんとなくその提案をする暇さえも惜しくなってしまい、堰を切ったように次々と言葉を交わした。

「え？　お姉さんに会いに行く？　これから？」

俺の話を聞いていた天束は、怪訝そうに眉根を寄せた。

「お姉さんが今どこにいるか分かんの？　確実に会うためなら、部屋で待ってればよかったんじゃないの」

「……俺なら、葉桜がどこにいるか確実に把握すると思うんだよ」

言いながら、俺はスマホを取り出す。見慣れないアプリがあったのでタップしてみると、それはGPSの管理アプリだった。

案の定だ。

「葉桜は今、自然公園にいるって」

「いるって、じゃないよ。ねえ無断じゃないよね？　ちゃんと許可取ってる？」

「合意かどうかは知らないけど、葉桜は勝手に仕掛けられて気付かないような人間じゃないし、そもそも不満だったら外すだろうから……今見逃されているということは、許されているんだと思う」

「………………」

しばらく頭を抱えていた天束は、そのうち「まあ、いっか」と諦めを滲ませて嘆息した。

「君は誰かを踏みにじって平気でいられる人じゃないから、まあ大丈夫なんだろうな。好きにするといいよ」

一応、アプリの存在は葉桜に言ってみようとは思った。GPSを仕掛けているのは俺とはいえ、葉桜に反応を見守られて楽しまれているのは俺の方であるような気もするけど。

「今から会いに行くって言ったよね」

「涼さん、一緒に来ますか？」

「冗談言わないでよ」

あっさりと拒絶して、天束は胡乱げな目で俺を見た。

「手ぶらで行くの？　それは駄目でしょ、笈川くん。お姉さんの居場所が分かるなら、別に急がないでしょ？　使者ちゃんも時間、大丈夫だよね？」

天束が両手で俺たちの手を掴む。その動作があまりにも自然だったので、ここにいる天束涼はきっと何もかも覚えているのだろうなと察した。きっと目の前にいる天束は、ネットカフェで殴り合った彼女と同一人物だ。

天束は悪戯っぽく笑う。

「笈川くんはお姉さんを全知全能であるかのように扱うけど、たまには君がお姉さんの意表を突いてもいいじゃないか」

＊＊＊

向かったのは駅前にあるショッピングモールだった。

　三人で様々なショップを眺めていると、ふと天束が「お待ちよ、使者ちゃん」と使者の肩を掴んだ。ジュエリーショップのピアスを興味津々に手に取って眺めていた使者は、「ぁう」と引っ張られるがままに天束の腕の中へと倒れてくる。

「なんですか。私、盗もうとなんてしてませんよ」

「当たり前だよ。じゃなくて、あのさ。今の君は、笈川くんのお姉さんの使者じゃないんでしょ？　だったら君のことはなんて呼べばいいの？」

「それは好きに呼んでください」

「そういうことじゃなくってさぁー？」

「あぅあうあわぅ」

　肩を激しく揺さぶられ、使者が目を白黒させる。本気で抵抗すれば天束なんかあっという間に押さえ込めるはずだが、彼女はしばらく無抵抗でガクガクと揺さぶられていた。

　不意に、使者が吹っ切れたように吹き出した。

　彼女の痩身が震えると同時に、陽光をたっぷりと吸って輝く髪が煌めきながら波打った。宝石めいた明るい色の瞳も、太陽の光よりも鋭く光る銀髪も、その笑顔も、彼女の全てがその瞬間に目がくらみそうなほど眩しく輝く。

　声を上げて笑いながら、彼女は幼い少女のような破顔で観念した。

「分かりました。じゃあ今から、私のことは『セラフィス』で」

＊＊＊

二人の少女は、買い物が終わると「じゃあねー」「それでは、また」とあっさり俺に手を振った。

「……一緒に来ないのか？」

「悪質なストーキングの件に関しては一人で怒られてくださいよ」

「そんな……俺は仕掛けてないのに……俺が知らない過去の俺がやっただけなのに……」

「野分くんは心当たりのない一度目でしっかり怒られておかないと、自分の意志で二度目を仕掛けるような気がするんです」

「しないってば……」

「まあ説教云々の話は抜きにしても、笈川くんが一人で行けって話だよね」

「そうですよ。プロポーズに女友達を連れて行かないでください」

俺の肩を両側から軽く殴りつけてから、二人は高い笑い声を上げた。生きている世界が違うはずだった二人の少女が、お互いに身を寄せ合いながら同じ笑顔ではしゃいでいる。

なんとなく、その笑い声で決心がついた。

俺たちは最後に、柔らかく指を絡めてから手を振って別れた。

天使でいることをやめた少女は駅前のコスメショップに行くと言い、
初めて自分の名前を口にした少女は異世界とを繋ぐ〈門〉を閉じてくると言い、
俺は姉に告白してくると言って、それぞれ別々の方向へと歩き出した。

過去の自分が仕掛けたというGPSを頼りに自然公園に行くと、そこにはたくさんの子供と大学生がいた。大学生たちはみんな胸にネームプレートを下げていて、ほぼマンツーマンで子供と一緒に走り回ったり縄跳びをしたりしている。

キャッチボールをしていたグループのボールが足下に転がってきたので拾い上げると、すぐに大学生のお兄さんが小走りに俺のもとへとやってきた。

ボールを投げ返しながら、俺は尋ねる。

「今日、何かのイベントやってるんですか？」

お兄さんのネームプレートには『○○大学ボランティアサークル「そよ風」』とマジックで書かれていた。

「えーっと、イベントってわけじゃないんだけど……毎週土曜日に、児童養護施設の子たちとお出かけして遊ぶって活動やっててさ。今日はスポーツデーだから公園なの」

俺からボールを受け取って、お兄さんはすぐに子供たちの輪の中へと戻っていった。

ボランティアサークル。スポーツデー。葉桜と結びつきそうで結びつかない単語たちである。あまたある大学サークルの選択肢の中で、果たして葉桜（はざくら）はボランティアサークルをわざわざ選ぶだろうか？　おまけに休日に子供と遊ぶなんていう、俺にめちゃくちゃに嫉妬されそうな活動をする団体を。

　疑問に思いながら、公園をウロウロと散策する。

　笈川（おいかわ）葉桜はすぐに見つかった。だって彼女は、人混みの中であまりにも目立つ。スポーツデーだっつってんのに、動きづらそうなオールレースのワンピースと踵（かかと）のあるパンプスという格好。艶（つや）やかなロングヘアを肩口に流して、まるで彼女だけ絵画の中のご令嬢といった雰囲気だ。律儀に胸に下げているネームプレートが浮きまくっている。

　全然スポーツデーする気がない彼女の横に、もう一つ小さな人影があった。こちらはTシャツにショートパンツという動きやすそうな服装だったが、公園で遊ぶ周囲の子供たちには全く目を向けず、葉桜が手に持っているスマホの画面をキラキラとした瞳で見つめて、何やらペラペラと葉桜に指示を出していた。

　そっと背後から近づくと、徐々に会話の内容が聞こえてくる。

「そんでぇー予約投稿で十時ぴったりに写真だけ投稿されんじゃん？　そしたら十分後に、氷山（ひやま）が外にいるツイートを流してほしーの。その十分の間に、写真で撮った施設の入り口から異界に迷い込んだって設定だから、ちゃんとタイムラグつけて。二枚目の写真に、前回の『N山荘事件』で写り込んでた人影とおんなじ影を合成で入れてるから、変にトリミングしたり加工で色明るくしたりしないでそのまま投稿して！　で、そのあと――」

「それ以上喋られたら、手間になっちゃう」

マシンガントークを浴びせられていた葉桜が、億劫そうにぽそりと呟いた。

「手間なことは忘れるもの、私」

「手間じゃないから覚えてよぉお！　週に一回の更新で満足するって譲歩したじゃん！」

「囀っても雨は降らない」

「わ、ワガママ言っても駄目って普通に言えよぉ……変にぼかさないでさぁ……」

思わず、吹き出してしまった。葉桜の喋り方を「普通に言え」「変にぼかす」と一刀両断する豪胆さは、さすが葉桜と同じ支配者の席に座らされそうになっただけある。

瞬間、葉桜の手が俺のシャツの裾を掴んだ。

振り返ってもいないのに俺の場所を正しく把握する葉桜の隣で、夜見小織はパッと勢いよく振り返って「あー！」と叫んだ。

「じゃあ、おにーちゃんが代わりに覚えて！　手間にならないように！」

再会の感動も何もない小織が、唾を飛ばしそうな勢いで叫ぶ。

「おにーちゃんは姉ちゃんの外部装置だろぉ!?　パーツ付ければタブレット端末だってキーボード入力できんだからよ！」

「私にスマホの使い方を教えているという名目なのに、野分くんが代わりにやったら駄目でしょう?」

「駄目だな！　どうしてくれよーか！」

呵々と笑って、小織は「代わりに打たせてよぉ」と葉桜のスマホに手を伸ばす。スマホを俺のズボンのポケットに突っ込んで隠してから、葉桜は膝の上に置いていたハンドバッグからメモ帳とボールペンを取り出した。

「言いたいこと、書いて」

「知ってっかよ姉ちゃん。一枚の紙を好きなように切って折って、その手順を紙に書いて他人に再現させようとしても完璧に再現させることはほぼ不可能なんだぜ？　書き言葉とはそれほどまでに情報が制約されたツールなんだがよ」

「ばいばい」

「んあああ！　待って！」

葉桜の手から勢いよくメモ帳とボールペンを奪い取り、要望を書き殴り始める小織だった。葉桜がふらりと立ち上がって、ベンチの近くに咲いていたシロツメクサのそばにしゃがみ込んで花摘みを始める。

葉桜が座っていた場所に代わりに腰を下ろすと、ガリガリとボールペンを動かしながら小織がちろりと目を上げて問うてきた。

「あの姉ちゃんって、おにーちゃんが差し向けてきたわけでは無ぇの？　ボランティアサークルに入って小織に会いに来たのは、おにーちゃんが姉ちゃんに頼み込んでやらせたわけではないのかよ？」

「俺は葉桜に何かを強いたりはできないよ」

「じゃあ自分で会いに来たんだ。悪夢かと思ったぞ、いきなり小織の園にボランティアのお姉さんとして現れて、小織を見つけるやいなや『氷山くん』て呼んできたときは」

この世界の葉桜は、小織のことを「小鳥さん」ではなく「氷山くん」と呼ぶのか。

さらりと小織が施設のことを「小織の園」と呼んだのも、なんとなく肩の力が抜ける感じがした。ごく自然にそうやって口に出せるくらい、そこが居場所になっているのだろうか、そうだといいな、と思ってしまって。

「毎週土曜日、フリック入力もできねぇ姉ちゃんにスマホ教えるという名目で『氷山凍』を更新させてもらえんの。いつもはその場で口頭で喋ったことを姉ちゃんに打ち込んでもらうんだけど、今日は予約投稿とか時間差とか注文つけたからさじ投げられちゃった」

「俺の尻拭いしてるのかもしれない、葉桜は」

「ぉん？」

「小織の気持ちを蔑ろにして、小織から『氷山凍』を強制的に奪ったから。だから小織にもう一度『氷山凍』になるチャンスを作ったんじゃないかな」

「……うぇあ」

喃語みたいな声を上げて、小織はきょとんと小首をかしげた。

小織の持っていたボールペンが、俺の手の甲に突き立てられる。そのまま謎の魔法陣のような図形を描き始めた。痛い。

「悪いけど小織は、『氷山凍』になったのも成り行きでよぉ」

どうして氷山凍になれたのかと問うたとき、小織は「親」というキーワードを挙げていた。決して「自分」ではなかった。

「おにーちゃんみたいに夜歩きを怒るよーな奴がいたって、別に小織は今の氷山凍とは違う何かをやってたわけでさ。おにーちゃんは小織から氷山凍を奪ったたっつったけど、小織は元々きっと……何かを奪われた上で氷山凍になってたよーな気もする」

するすると俺の手の甲に魔法陣を描いていた小織だが、ペンを動かす手とは裏腹に口の動きは珍しく鈍かった。言葉を選ぶなんて小織らしくない。

誰かに語るときに、立ち止まりながら言葉を作るのは——間違いなく、大人の誠意だ。

「だから今の小織は、別に何かを与えられる権利を持っているわけではなく……別の何かを選んだんじゃねーかなっつー……んん？　でも今、小織は『氷山凍』を手放してねーんだが……なんつーのかね？」

「なんつーのかね、と言われても……」

小織が言い淀んでいると、遠くにいた大学生のグループが「おーい！」と大声を上げた。

「先生たちからアイスの差し入れだって！　好きなの選んでいいよ、早い者勝ち！」

その瞬間、彼女が握りしめていたボールペンがぽいっと宙を舞った。

そして俺との会話なんて一瞬で忘れて、我先にとクーラーボックスを持った大学生たちの元へと駆け出した。

呆気（あっけ）なく放り出されたメモ帳が、ベンチにぽつねんと取り残された。夜見（よみ）小織は今ここにある『氷山凍』を描くためのメモ帳よりも、クーラーボックスに詰まったアイスを優先するような小学生になったのだ。

それでもきっと、アイスを食べ終わったらヘラヘラしながら戻ってきて、またペンを握るのだろう。

その光景が現実世界にあるということが、どんな魔法よりも奇跡に思える。

＊＊＊

不意に、葉桜（はざくら）が立ち上がった。

せっせと作っていたのはシロツメクサの花冠だったらしい。白い冠を掲げた葉桜は、俺の頭上に花冠をふわりと乗せた。

淡泊な無表情を浮かべる姉に、俺は自然と懺悔（ざんげ）していた。

「ごめん、葉桜。なんか俺は、この世界で葉桜に発信器つけてるらしい」

「知ってる」

即答だった。

「最悪だろうから今すぐやめます。許してください」

「いいの。勝手に餌を食べてくれるのは楽だから」

ＧＰＳを全自動餌やり器のように扱う葉桜は、そう言って俺の隣に座る。

緩やかな昼下がりの風に揺れる黒髪を手で押さえながら、葉桜は公園で遊ぶ子供たちを静かに眺めていた。

その横顔を見つめながら、俺は異世界にいたときの葉桜と目の前にいる葉桜の決定的な違いに気がついていた。

この世界で、葉桜は容易に笑わない。

穏やかだけど淡泊な無表情がデフォルトなのだ。異世界での葉桜は、誰も逆らえないような圧倒的な笑顔が通常だったのに。

でも、今なら何となく分かる。

笈川葉桜という一人の人間の感情を、全て可愛い笑顔で上塗りすることは現実世界では許されない。

この世界で地に足をつけて生きている葉桜は、笑顔しか持たない無敵な女を演じる必要がないのだ。

頭上に乗せられた花冠をそっと外して、仕返しのように葉桜の頭に乗っけてやる。紅みがかった切れ長の瞳をツッとこちらに向けて、それから彼女が淡く笑う。

「それ、楽しいの？　野分くん」

笑顔を演じる必要のない葉桜が、それでも俺の目の前で笑う。

それがどれほど光栄なことなのか、今更ながら思い知る。

俺は、留守になっていた葉桜の左手を柔らかく掴んだ。さっきまで花摘みをしていた手は、泥一つついていない。それでも砂粒の一つも許したくなくて、丹念に一本ずつ指を撫で始める。

「お腹空いたの？」

地味に怖いことを言っている葉桜である。

葉桜が地に足を付けて生きていることは嬉しい。間違いなく嬉しいけれど、そのせいで葉桜が異世界でできたかもしれないことができなくなるのは嫌なのだ。

だって俺の姉は、どこで何をしながら生きていたとしても間違いなく最強なのだから。

「一本だけね」

食べねぇよ。

「私の一本は野分くんの三本ね。いいでしょ？」

姉の問いかけには答えず、俺はベンチの後ろに置いていた紙袋を取り上げた。駅前のモールにあるジュエリーショップのロゴが入った紙袋を見て、葉桜が小首をかしげる。

数十分前に、天束に教えてもらった店だ。「私の趣味の店だからなぁ」と言いつつ、絶妙に様々なラインナップを揃えた店をチョイスするあたりはさすが天束涼である。

紙袋の中から、木目調のリングケースを取り出す。蓋を開けると、中に入っていたのは葉桜の好みに合うかな――合えばいいな――合ってくれればいいんだけど――合えばいいな――と思った華奢な造りのシルバーリングだった。

そのリングを目にした瞬間、葉桜がすっと俺に掴まれていた左手を引いた。

「………」

葉桜は、自分の左手の薬指を口の中に突っ込んだ。

「食べるな！」

俺は慌てて、葉桜の手首を掴んで薬指を助け出す。

「誰かの入れ知恵で野分くんが王子様になるのは嫌だもの、私」

「なんで入れ知恵だって気付いてんの!?　俺に盗聴器でも仕掛けてた!?」

「嬉しそうにしないで。あなたのことは何でも分かるの、私は」

「というか俺が誰かの入れ知恵で仕入れた指輪が不満だとしても、嵌める指ごと食いちぎってエンゲージを阻止しようとするのは駄目だろ。いいよ葉桜が痛い思いをしてでも阻止したいなら俺がその指輪の方を呑んで無かったことにするから――」

「あなた本当にやりそうね、野分くん」

「本当にやるよ、俺が葉桜に嘘をつくわけがないだろ」

「お腹痛くなったらどうするの」

「自分の指を食いちぎろうとした人間が、俺のお腹の心配する？」

「するの」

「嬉しい……」

「悪い子だこと」

俺の手からケースを取り上げて、葉桜はふっと溜息を漏らした。

「いくらだったの、これ。半分出してあげる。野分くんに高い買い物はさせられないもの」

「……なんで頑として俺からのプレゼントだと認めてくれないの？」

「恥ずかしいから」

「…………」

あの葉桜が愚弟に指輪を差し出された程度で照れるわけがないと思っていた。

もし照れてくれたら夢みたいだなと思ってしまったけれど。

「子供たちが遊ぶ平和な自然公園で血飛沫が飛ぶような照れ方は、どちらかというと悪夢じゃ――」

「これはネックレスにしましょうか」

淡々とした調子で、葉桜はリングを見下ろす。

「ちゃんとアクセサリーにしてあげる。それだと野分くんは不服？」

「別にいいよ、これピンキーリングだし」

「……ねえ、野分くん。あなた、お姉ちゃんに毒を飲めと言われれば従う良い子よね？」

「腹が立ったときは普通に『腹が立つ』と言ってくれ……暴力を匂わせるな……」

我ながら悪質な『ドッキリ大成功』をしたような気分だが、元々薬指に嵌めるための指輪とピンキーリングなんて葉桜ならパッとサイズを見ただけで分かるはずだ。

馬鹿な弟がサイズを間違えて買ってきたと思い込む、という悲しい誤解を生む可能性も予想してはいたけれど、それでもリングを敢えて「ネックレスにする」と主張するというストレートな照れ隠しをぶち込まれることは完全に予想外だった。

この世界ではきっと、俺の知らなかった笈川葉桜に出会える。

常に笑顔でいられる世界を手放したとしても、彼女の喜怒哀楽は全てが貴賤なく俺にとっては何より大事だ。

だから、全部拾い上げる。笈川葉桜が感じるものを、この世界では何一つ絶対に見逃してやらない。

ここは誰が何と言おうと、素敵な世界なのだ。葉桜が素敵な世界にしろと命じたから、俺は絶対にこの場所が葉桜にとって一番素敵だと唱え続けなければならない。

そのために、誓いを立てる。

「俺の三本なんかじゃ足りないだろ、葉桜」

固く手首を押さえたまま、俺は言った。

「爪の先から髪の毛の一本まで、全部あげる。だから——俺に、一本をちょうだい」

そう言って、俺は葉桜の薬指を口に含んだ。

細い指の付け根に歯を立てて、ゆっくりと噛みしめる。柔らかい皮膚に歯が埋没し、細い骨の感触が伝わる。跡がいいのだ。消えたらすぐに気がついて、また新しい跡を付けられるくらい近い場所でこれからも俺は葉桜を見続けるのだから、指輪じゃなくて跡がいい。

理想の世界を諦めさせて、ようやく与えたものはこんなにも浅い暴力だ。

それでもそんな暴力に葉桜が身を任せているだけで、それが愛情として昇華されているように思えてしまう。

再構築される世界の中で、愛に見える破片をかき集めて好きな形を積み上げる。

「謙虚だこと、野分くん」

葉桜がくすぐったそうに笑う。

それだけで世界は、それなりに満ち足りてしまうから困る。

MF文庫J

お姉ちゃんといっしょに異世界を支配して幸せな家庭を築きましょ？ 2

2022年 3月 25日　初版発行

著者　雨井呼音
発行者　青柳昌行
発行　株式会社 KADOKAWA
〒102-8177 東京都千代田区富士見 2-13-3
0570-002-301（ナビダイヤル）

印刷　株式会社広済堂ネクスト
製本　株式会社広済堂ネクスト

Printed in Japan　ISBN 978-4-04-681291-9 C0193

◇◇◇

【 ファンレター、作品のご感想をお待ちしています 】
〒102-0071 東京都千代田区富士見2-13-12
株式会社KADOKAWA　MF文庫J編集部気付「雨井呼音先生」係　「みれあ先生」係